Nouvelle Collection illustrée

L'ouvrage complet **95** centimes

Les Beaux Dimanches

PAR

HENRI LAVEDAN

DE L'ACADÉMIE FRANÇAISE

Calmann-Lévy, éditeurs.

LES BEAUX DIMANCHES

Paris. — Imprimerie L. Pochy, 52, rue du Château. — [illegible]

HENRI LAVEDAN

DE L'ACADÉMIE FRANÇAISE

Les Beaux Dimanches

ILLUSTRATIONS

DE

M. DUDOUYT

PARIS

CALMANN-LÉVY, ÉDITEURS

3, RUE AUBER, 3

LES BEAUX DIMANCHES

QUE FAIT-ON TANTOT ?

M. DEVAIN.
MADAME DEVAIN.
GERMAINE, 20 ans.
JEANNE, 17 ans.
LOUISE, 15 ans.
AGATHE, 13 ans.
BLANCHE, 11 ans.

Une heure de l'après-midi. Monsieur et madame Devain sont seuls dans leur chambre. Sur le grand lit sont posés cinq chapeaux roses de fillettes.

M. DEVAIN. — Qu'est-ce que tu fais des petites filles, tantôt ?

MADAME DEVAIN. — Je ne sais pas. Le dimanche... on est toujours très embarrassé.

M. DEVAIN. — Ce n'est pourtant pas difficile... mon Dieu, à Paris !

MADAME DEVAIN. — Ce n'est pas facile.

M. DEVAIN. — Il faut les sortir.

MADAME DEVAIN. — J'entends. Mais où?

M. DEVAIN. — N'importe où. Elles ont besoin de prendre l'air. Elles ne font pas assez d'exercice.

MADAME DEVAIN. — Dis donc, mon ami?

M. DEVAIN. — Quoi donc, ma bonne?

MADAME DEVAIN. — Tu ne viendrais pas avec nous?

M. DEVAIN. — Impossible. J'ai à travailler. Voilà à quoi je vais passer mon dimanche, moi, pauvre homme! vieille bête !... tandis que vous, vous allez courantiner!

MADAME DEVAIN, *qui secoue ses bandeaux résignés.* — Oh!

M. DEVAIN, *qui y tient.* — Mais oui! mais oui! Assez flâné, moi! Je vais m'enfermer dans mon cabinet. (*Sur le pas de la porte.*) Eh bien, c'est ça, mène-les donc là... Ça les amusera beaucoup.

MADAME DEVAIN. — Où? On n'a rien décidé !

M. DEVAIN, *faisant l'étonné.* — Où? Ça ne fait rien, allez-y tout de même. Trouve quelque chose, enfin. Où sont-elles les minettes, pour l'instant?

MADAME DEVAIN. — A la messe de une heure, avec Marthe. Elles ont mis leur chapeau de tous les jours. Je ne veux pas qu'elles s'habituent à faire de la toilette à l'église.

M. DEVAIN. — Dès qu'elles seront rentrées, tu diras à Marthe que je n'y suis pour personne. Et puis, ne tardez pas trop, pour profiter du soleil, parce qu'à quatre heures, il commence déjà à faire frais, et tu sais comme Blanche a la gorge susceptible...

MADAME DEVAIN. — N'aie pas peur. (*La porte s'ouvre.*)

M. DEVAIN. — Justement, voilà les petites lolottes !

Les lolottes entrent l'une derrière l'autre, toutes les cinq pareilles. Germaine n'est pas belle, mais elle a l'air si raisonnable ! Jeanne est jolie comme un amour. Louise est blonde et vive. Agathe est brune et molle. Blanche a de grosses joues et fait des grimaces. Et les cinq paroissiens dans les petites mains de chevreau glacé.

M. DEVAIN. — Eh bien, les enfants? vous allez donc sortir avec maman? Vous êtes contentes?

JEANNE. — Où va-t-on ?

M. DEVAIN, *avec un air de mystère.* — On va vous dire ça. Comment, c'est à moi, tout ce torrent de filles? C'est pas possible. Y en a trop. Je vais en vendre.

LOUISE. — Non, papa, y en a pas trop. Non, mon petit homme !

AGATHE. — Y en a pas assez !

LOUISE. — Oui, je voudrais qu'on serait une vingtaine, moi ! Vingt demoiselles Devain !

M. DEVAIN. — Bigre de bigrette ! (*A sa femme.*) Tu l'entends?

LOUISE. — Plus on est d'enfants...

M. DEVAIN. — Moins le papa rit !

AGATHE, *à son père.* — Sais-tu ce que tu ferais, si tu étais bien, mais bien gentil?

M. DEVAIN. — Quoi?

AGATHE. — Tu viendrais avec nous.

BLANCHE. — Oh ! oui.

LOUISE. — Tu es si amusant !

BLANCHE. — Tu nous fais rire.

M. DEVAIN. — Pas moyen, mes petites chattes!

BLANCHE. — Oh! tu n'es pas mignon.

M. DEVAIN. — Maman vous fera rire à ma place.

AGATHE. — C'est pas la même chose. Maman, elle, c'est maman ; toujours elle est sérieuse et comme il faut, tandis que toi, tu dis des bêtises, tu blagues.

M. DEVAIN. — Mademoiselle !

LOUISE. — Tu ne regardes pas à une voiture, toi. Tandis qu'avec cette bonne mère, faut prendre tout le temps l'omnibus et la correspondance ! Enfin, tu es bien plus drôle. (*A madame Devain.*) Ça ne te fâche pas, dis, qu'on dise ça?

MADAME DEVAIN. — Pas du tout, mon chéri.

AGATHE, *à son père.* — Tu viendras dimanche prochain avec nous, alors?

M. DEVAIN. — Un autre dimanche, oui. Je vous promets.

JEANNE. — Voilà un an que tu nous dis ça ! Et puis, tous les dimanches tu travailles à tes livres...

AGATHE. — Qu'est-ce que c'est que ton devoir pour le moment?

M. DEVAIN. — Mon devoir? C'est trop fort pour toi... tu ne comprendrais pas.

AGATHE. — Dis tout de même pour Germaine. Elle comprendra, elle.

M. DEVAIN. — Eh bien, c'est l'*Historique des impôts de la subvention territoriale et du timbre en* 1788. Es-tu satisfaite?

BLANCHE. — Ça n'a pas l'air gai.

M. DEVAIN. — C'est passionnant. Mais ne perdez pas de temps, et apprêtez-vous, hop !

AGATHE. — Quels chapeaux on met?

BLANCHE. — Les roses !

GERMAINE. — Les beaux? On peut bien garder ceux-là.

M. DEVAIN. — Mais non, mettez les roses. Je veux que mes filles soient belles, sapristi, et que tout le monde se retourne.

JEANNE. — Tout ça ne dit pas où on va.

M. DEVAIN. — Demandez à maman.

LOUISE. — Maman !

AGATHE. — Maman !

BLANCHE. — Petite mère !

GERMAINE. — Eh bien?

MADAME DEVAIN, *bien malheureuse.* On va... on va... Ne parlez pas toutes à la fois? On va... (*A son mari.*) Aide-nous, voyons, papa, avant de nous quitter?

M. DEVAIN. — Tu y tiens? C'est drôle que tu ne peux pas trouver ça toute seule? On fait un petit effort.

MADAME DEVAIN. — Cherche, mon ami, je t'en prie.

BLANCHE. — Oui, cherche, mon petit papa trésor !

M. DEVAIN. — Mène-les au Nouveau-Cirque !

BLANCHE. — Oui ! Oh ! oui ! Chocolat !

JEANNE. — Moi, j'avoue que je n'y tiens guère.

MADAME DEVAIN. — Et vous autres?

LOUISE. — On y a été déjà deux fois cette année. C'est toujours la même chose !

AGATHE. — Toujours des dadas !

M. DEVAIN. — Ah ! naturellement ! Ça ne peut pas être des oiseaux !

Les enfants rient.

MADAME DEVAIN. — Et puis, calcule, six personnes... tout de suite ça monte...

M. DEVAIN. — C'est bon, laissons le Cirque. Mène-les au Bois.

MADAME DEVAIN. — Le dimanche... On ne peut pas y circuler... Les bicyclettes... la poussière...

M. DEVAIN. — Au Pré Catelan?

BLANCHE. — Oh ! moi, d'abord, j'aime pas le lait ! Ça me donne la colique.

MADAME DEVAIN. — Et puis, c'est bien loin ! On ne trouve pas de places dans les tramways. Ça fait deux voitures, une pour aller, une pour revenir... avec le goûter... tout ça... on atteint des prix !

M. DEVAIN, *piqué.* — Enfin, c'est bon. Tu vois comme tu es? Tu me demandes, je m'ingénie ; et puis, tout ce que je propose, tu le repousses, systématiquement !

MADAME DEVAIN. — Non, mon ami. Mais...

M. DEVAIN. — En ce cas, allez tout bêtement vous asseoir aux Champs-Élysées.

JEANNE, *avec mélancolie.* — Voir passer les voitures?

LOUISE, *animée.* — Oh ! oui, les équipages ! Avec les belles dames dedans, qui sont peintes et qu'a de jolies ombrelles roses comme des abat-jour !

MADAME DEVAIN, *à son mari.* — Tu vois? tu vois? Je voulais t'en parler. Nous y avons été, il y a quinze jours, nous asseoir aux Champs-Élysées. Louise est revenue folle. Je peux dire ça devant elle. Ça la trouble, elle dévisage les femmes, elle ne pense qu'à se griser avec les chapeaux, les robes, les toilettes, les bijoux. Ça la met dans un état d'exaltation très vilain... qui me fait beaucoup de peine !

AGATHE, *à sa mère.* — Faut pas la gronder, elle est gentille.

MADAME DEVAIN. — Je ne la gronde pas. Mais elle est trop coquette.

M. DEVAIN. — Écoute donc, moi je ne sais plus. Ces mâtins d'enfants... Mène-les... en Sibérie... au diable !... à Guignol, où tu voudras !

Les enfants rient.

AGATHE. — Voilà ce qui nous fait rire !

BLANCHE. — C'est avec des machines comme ça que tu nous amuses.

GERMAINE, *grave.* — Voyons? Si on allait au Palais de Glace?

LOUISE. — Oui !

JEANNE. — Oh ! oui ! Je voudrais tant apprendre à patiner. C'est si chic !

MADAME DEVAIN. — Cinq francs par personne, rien que d'entrée, mon petit chat, ce qui est beaucoup moins chic. Nous n'avons pas les moyens de mettre trente francs à notre après-midi du dimanche.

JEANNE. — C'est dommage.

M. DEVAIN, *timide.* — Entendre quelque part de la musique?

JEANNE. — Trois heures de concert! Enfermées! Moi et Louise, nous avons horreur de la musique!

LOUISE. — Moi, je dormirai !

GERMAINE. — Et c'est que tu ronfles ! Vois-tu d'ici le père Lamoureux?

M. DEVAIN. — Le Musée Grévin?

BLANCHE. — Ça me fait peur. J'aurais des rêves de brigands.

M. DEVAIN, *qui s'acharne.* — La musique militaire aux Tuileries?

MADAME DEVAIN. — Tu oublies donc? Jeanne et Louise ont horreur...

M. DEVAIN. — Je sais. Mais... (*A Louise et à Jeanne*), même la militaire?

LOUISE. — Même, petit papa.

BLANCHE. — Une idée ! Si on montait sur l'Arc de Triomphe?

AGATHE. — Oui. Pour voir le monde en fourmis.

MADAME DEVAIN. — Ah dame non! moi je vous avoue qu'avec mes jambes, mes pauvres petites...

BLANCHE. — Tu nous attendras en bas... en causant avec le concierge.

MADAME DEVAIN. — Oh non! Je ne vivrais pas. Autant monter alors.

M. DEVAIN. — Je ne veux pas que votre mère se fatigue... Comment, comment, vous ne trouvez rien? Ça n'est pourtant pas difficile ! Nom d'un nom de nom !...

MADAME DEVAIN. — Oh moi! si j'étais toute seule, je ne serais pas embarrassée, bien sûr...

M. DEVAIN. — Quoi? Que ferais-tu?

MADAME DEVAIN. — J'irais à vêpres et à la bénédiction.

JEANNE, *avec crainte.* — Oh ! ma petite maman !

MADAME DEVAIN. — N'ayez pas peur. Je ne vous infligerai pas... Mais c'est pour vous dire que je vous fais un sacrifice.

JEANNE. — Tu es tout plein bonne...

LOUISE. — Savez-vous comment ça finira, tout ça? Je vais vous l'apprendre. C'est qu'on ne sortira pas. Le temps va passer. On dira : « Oh ! à quoi bon main-

MES ENFANTS, VOILA QU'IL PLEUT, ÇA TRANCHE TOUT.

tenant? Il est bien tard. Le plus beau de la journée est écoulé. » Et patati, patata l'autre !

MADAME DEVAIN. — Non, ma petite fille.

LOUISE, *enflammée.* — Je connais ça. (*A ses sœurs.*) Vous verrez !

MADAME DEVAIN. — Non et non, ma petite fille. On sortira. Quand je devrais...

LOUISE, *partie.* — En attendant, nous sommes là toutes les cinq avec nos chapeaux roses, comme des godiches... Et tout ça, parce qu'on a le malheur d'être cinq filles et qu'on regarde à l'argent.

MADAME DEVAIN. — Mais sans doute. Il faut ménager votre père. Il se donne assez de mal pour vous !

M. Devain hausse les épaules et va à la fenêtre.

LOUISE. — C'est vrai. Mais si nous n'étions qu'une fille unique, on serait bien plus large. C'est-i-vrai, voyons? C'est-i-vrai que c'est un malheur, oui ou non, d'être cinq filles? oui ou non qu'on ne peut pas marier Germaine? oui ou non qu'on est obligé d'aller chez des petites couturières?

MADAME DEVAIN. — Tais-toi, tais-toi ! En voilà assez ! (*A son mari.*) Père, veux-tu lui imposer silence? Qui est-ce qui m'a donné une petite raisonneuse pareille? (*M. Devain regarde attentivement par la fenêtre et ne bouge pas.*) Eh bien, papa, m'entends-tu?

M. DEVAIN *se retourne et, avec un brusque soulagement.* — Mes enfants, voilà qu'il pleut. Ça tranche tout.

Il sort. On retire en silence les chapeaux roses.

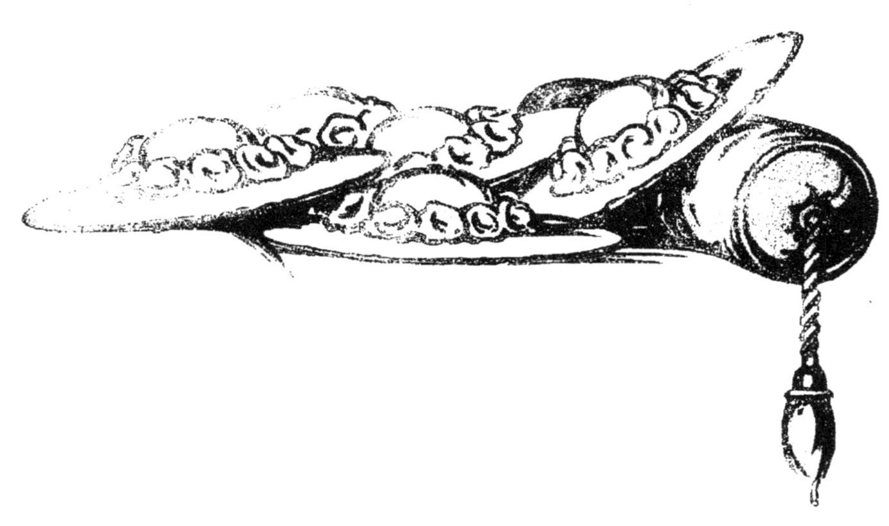

PALAIS-ROYAL

M. BOUJAN, 61 ans, médaille militaire.
MADAME LUDON, une grosse dame habillée de soie noire.

Juillet. Dans le jardin du Palais-Royal, vers les quatre heures. La musique n'est pas encore arrivée. Assise et résolument arc-boutée à un jeune arbre, madame Ludon respire avec ampleur la chaude poussière. Autour d'elle, grossières et disjointes, gisent quelques-unes des dernières chaises de paille qui rappellent Camille Desmoulins. L'air résonne de cris d'enfants, de coups de baguettes de cerceaux, de sifflets de fouet. Par-dessus tout cela, le noble et hardi jet d'eau « L'Orient des squares ».

D'une arcade sort tout à coup M. Boujan. Il prend une chaise d'une seule main, presque à bras tendu, la plante près de madame Ludon, et s'incline.

M. BOUJAN. — Bien le bonjour, madame.

MADAME LUDON. — J'en étais sûre !

M. Boujan est assis. Son pantalon blanc qu'il a remonté soigneusement sur les cuisses pour que le genou ne marque pas, laisse admirer qu'il a des bottes. Son ruban jaune a l'air d'un timbre étranger tout neuf, et l'extrémité de sa canne figure, entr'ouverte, une pince de homard en ivoire.

M. BOUJAN. — C'était promis.

MADAME LUDON. — Vous êtes tout de même bien aimable.

M. BOUJAN. — Je suis surtout content de vous revoir.

MADAME LUDON. — Moi aussi.

M. BOUJAN. — Nous avons passé l'autre dimanche une si charmante après-midi !

MADAME LUDON. — C'est vrai.

M. BOUJAN. — Je ne sais pas si ça vous a fait cet effet-là ? Mais, cette semaine, en me rappelant que je ne vous connaissais que depuis dimanche dernier, qu'on s'était parlé comme ça, par hasard, parce qu'on était voisin de chaise, à la musique... je ne pouvais pas me faire à l'idée qu'il n'y avait que huit jours! Il me semble que nous sommes amis depuis vingt ans ?

MADAME LUDON. — Vous avez raison. J'ai éprouvé la même chose.

M. BOUJAN. — Voyez-vous ça ! C'est curieux, hein ? Enfin, voilà du beau temps ! Du bien joli temps.

MADAME LUDON. — Oui. Le jardin est ravissant aujourdhui.

M. BOUJAN. — Bien gentil, bien... bien expansif ! Et alors, madame, ça va toujours bien ?

MADAME LUDON. — Toujours. Et vous?

M. BOUJAN. — Moi aussi par la même occasion. Et puis je n'ai jamais eu à me plaindre de ce côté-là. Je suis resté solide au poste. Si je n'avais pas eu la santé, je n'aurais jamais pu autrefois faire le métier que je faisais. Un dur métier !

MADAME LUDON. — Lequel ?

M. BOUJAN. — Gardien.

MADAME LUDON. — Gardien de quoi ? Où ça ?

M. BOUJAN. — Gardien à Cluny.

MADAME LUDON. — Au musée ?

M. BOUJAN. — Oui. (*Avec mépris.*) Pas dans le jardin. Non, au musée. Vous connaissez ?

MADAME LUDON. — De nom seulement.

M. BOUJAN. — Vous n'y avez jamais été?

MADAME LUDON. — Jamais. Je l'ai regretté souvent.

M. BOUJAN. — La cause ? Ils y venaient tous quand j'y étais.

MADAME LUDON. — Je n'avais pas le temps.

M. BOUJAN. — Mais le dimanche ?

MADAME LUDON. — Je n'étais pas libre non plus.

M. BOUJAN. — Sacrebleu ! comme moi, alors ?

MADAME LUDON. — Oui. J'étais caissière.

M. BOUJAN. — Compliments ! Les clefs de la caisse ! Crelotte !

MADAME LUDON. — Oh ! je n'avais que les clefs, hélas !

M. BOUJAN. — Et où ça, sans indiscrétion, que vous étiez ?...

MADAME LUDON. — J'étais caissière à la Taverne Suisse, rue de Maubeuge, dans le haut. Une taverne très bien, oh mais, tout à fait de rapport, et puis du monde bien gentil !

M. BOUJAN. — Je le pense.

MADAME LUDON. — Vous n'y avez jamais été ? Si ?

M. BOUJAN. — Je n'ai pas de souvenir.

MADAME LUDON *affirmative*. — Oh ! vous avez dû sûrement y aller, au moins une fois ?

M. BOUJAN. — C'est possible.

MADAME LUDON. — Tout Paris y a été.

M. BOUJAN. — Oui.

MADAME LUDON. — C'est là que j'étais, prise tous les jours de dix heures du matin à minuit. Le patron c'était monsieur Küstein... la bière Küstein. Mais pardon, je vous ai interrompu de Cluny. Continuez.

M. BOUJAN. — Oh ! eh bien moi... Cluny, parfaitement... Je gardais Cluny. Quinze ans je l'ai gardé, nom d'un chien ! Et que j'avais l'œil, et le bon, à cette fin, vous comprenez, de sauvegarder, intactes et selon la loi, nos riches collections, pièces nationales et merveilles curieuses ! Et, dame, c'est qu'il y en a, là !

MADAME LUDON. — Où étiez-vous préposé ?

M. BOUJAN. — Pardon ?

MADAME LUDON. — Je dis : à quelle section étiez-vous spécialement affecté...

M. BOUJAN. — N'y en avait pas, de section. Je n'étais ni préposé, ni affecté. Tout ce que je peux vous dire, c'est que j'étais à la salle 6.

MADAME LUDON. — Elle était belle ?

M. BOUJAN. — Magnifique !

MADAME LUDON. — Plus belle que les autres ?

M. BOUJAN. — Je n'en sais rien. Je n'ai jamais comparé. (*Après réflexion.*) Mais sûrement ! Longue... bien comme d'ici à la nourrice, là-bas, en face. Et puis qu'on ne s'y embêtait pas, non, dans ma salle ! Les gens qui y étaient, surtout les Anglais, pas moyen de les faire désemparer ! Des heures d'horloge qu'ils y restaient à dévorer mes trucs et mes bibelots !

MADAME LUDON. — Qu'est-ce que c'était ?

M. BOUJAN. — Quoi ?

MADAME LUDON. — Les objets de votre salle ?

M. BOUJAN. — Des tas, je vous dis ! Des merveilles curieuses !

MADAME LUDON. — Mais quoi, particulièrement ?

M. BOUJAN. — Ma foi, j'ai jamais pensé d'y regarder !

MADAME LUDON. — Comment ! en quinze ans ?

M. BOUJAN. — Écoutez, j'avais autre chose à faire !

MADAME LUDON. — Surveiller, c'est vrai.

M. BOUJAN. — Oui. Et puis tuer le temps... Pensez donc ? Du matin au soir, la journée paraît dure dans une salle où il fait à peine clair à cause des verres de couleur d'autrefois qu'ils mettent aux carreaux, et puis tout encombrée de meubles noirs, d'un tas de ferrailles, est-ce que je sais ? Aussi y avait des moments où je m'embêtais comme un roi et où j'aurais donné mon bicorne pour pas grand'chose à cette seule fin qu'on me permette d'aller seulement cinq minutes sur le boulevard voir si j'y étais.

MADAME LUDON. — La soif de la liberté ! J'ai connu ça, moi aussi, à ma caisse ! A ces minutes-là, je demandais un bock, moi. Il faut vous expliquer que nous avions, les caissières, chez monsieur Küstein, droit à la bière, à discrétion... Alors, dame... quand ça pesait trop... et que la tristesse... vite un demi !... blonde !...

M. BOUJAN. — Eh bien ! vous aviez encore de la chance de pouvoir vous rafraîchir ! Moi, ça n'aurait pas été de refus ! Ah ! non ! Au lieu de ça, j'en étais réduit à regarder passer le monde, dehors, à travers le vitrail. On tambourinait avec ses doigts des marches de dans le temps qu'on était au soixante-seizième pendant la guerre. Et puis, quand on en avait assez, y avait un bon tabouret, à l'ombre d'un sacré bahut où on piquait un petit somme de vingt francs.

MADAME LUDON. — Eh bien ! Et pendant que vous dormiez... les visiteurs... les Anglais ?...

M. BOUJAN. — Oh ! ils auraient bien pu emporter un petit souvenir si ça leur avait souri... Mais aussi que voulez-vous ! la fatigue. Et puis, comme dit cet autre : le fusil ne peut pas être toujours tendu. Ah ! sans doute, c'est bien honorable et d'attaque d'avoir été quinze ans gardien à Cluny... mais ça manquait tout de même un peu trop de dimanches pour se faire craquer les os !

VITE UN DEMI... BLONDE !...

MADAME LUDON. — A qui le dites-vous ?

M. BOUJAN. — Et vous... encore... vous aviez le bock, voyons ?

MADAME LUDON. — A la fin, ça ne m'amusait plus... Je buvais sans soif, pour m'imaginer que j'allais payer après... et m'en aller. J'ai trop bu de bière, ça m'a engraissée.

M. BOUJAN. — Mais non.

MADAME LUDON. — Si. Ça m'a fait du mal. Et aujourd'hui... monsieur, vous me croirez si vous voulez ! je ne peux plus passer devant une brasserie... L'odeur seule... j'en ai le cœur aux semelles.

M. BOUJAN. — Enfin, vous êtes comme moi, vous êtes bien aise de vous payer vos dimanches !

MADAME LUDON. — Ça oui. Oh ! ça oui !

M. BOUJAN. — Effectivement, le dimanche est une chose tout à fait

familles. Avez-vous de la famille, monsieur ?

M. BOUJAN. — Non, madame, non. Je suis ma seule...

MADAME LUDON. — Moi aussi, je n'ai plus de parents. Je suis veuve. Monsieur Ludon s'est éteint en soixante-douze.

Il était très beau.

M. BOUJAN. — Ah oui !

JE SUIS VEUVE, MONSIEUR LUDON S'EST ÉTEINT EN SOIXANTE DOUZE.

agréable ! *(Un temps.)* Surtout pour celui qui a des relations. Ainsi, voilà deux dimanches particulièrement...

MADAME LUDON. — Vous êtes trop aimable. J'aime beaucoup le Palais-Royal. On dit souvent dans les journaux que c'est mort, que c'est tombé...

M. BOUJAN. — Qui est-ce donc qui dit ça ? Je ne trouve pas.

MADAME LUDON. — N'est-ce pas ? C'est très gai au contraire, plein de

La musique militaire arrive.

MADAME LUDON. — Voici la musique.

M. BOUJAN. — Elle est très bonne.

MADAME LUDON. — Excellente. Le chef a l'air très capable. J'adore la musique militaire. Ça a quelque chose de...

M. BOUJAN. — Oui. Au soixante-seizième, nous en avions une supérieure ! On la citait.

MADAME LUDON. — Vous avez fait la guerre ?

M. BOUJAN. — Oui, madame. J'étais à la Loire, avec d'Aurelles de Paladines.

MADAME LUDON. — Un autre dimanche, vous me raconterez...

M. BOUJAN. — Avec plaisir. (*La musique s'est apprêtée, mise en rond.*)

MADAME LUDON. — Voilà qu'ils vont jouer ! Qu'est-ce qu'ils vont jouer ? Savez-vous ?

M. BOUJAN. — C'était sur le journal. Je l'ai découpé exprès.

MADAME LUDON. — Ah !

M. BOUJAN (*Il a sorti de sa poche son porte-monnaie, il l'ouvre et en tire le petit papier plié en quatre. Et il lit.* — Ouverture de *Poète et Paysan* ; la *Fille de Madame Angot*, pot-pourri ; *Caprice-polka*, par M. Léonetti.

MADAME LUDON. — C'est le chef de musique. Et, est-ce qu'il y a la *Marche Indienne ?*

M. BOUJAN. — De Sellenick ? Attendez ! (*Il cherche.*) Oui, elle y est. Elle y est presque toujours.

MADAME LUDON. — Ah ! tant mieux ! J'en suis folle. C'est si joli ! Des choses comme ça, comme la *Marche Indienne...* Il me semble... les éléphants... Ça me tient lieu des pays.

M. BOUJAN. — Oui. Ça parle. Alors, c'est convenu, tous les dimanches, dorénavant, nous...

MADAME LUDON, *un doigt sur les lèvres.* — Chut !...

Silence religieux. On n'entend que le jet d'eau. M. Léonetti lève sa petite baguette d'ébène.

PARTIE DE CAMPAGNE

M. BOLEAU.
MADAME BOLEAU.
LUCIE BOLEAU.
LE COUSIN ÉDOUARD.
DÉSIRÉ, le garçon de magasin.
FÉLICIE, la bonne.

Sept heures du matin, en août. Chez les Boleau. M. Boleau, teinturier, a son magasin dans le haut de la rue Monge. L'appartement est à l'entresol. On descend de l'appartement au magasin par un petit escalier. Désiré, le garçon qui fait les courses en ville, est actuellement occupé dans le magasin, dont la porte est grande ouverte sur le trottoir, à remplir un grand panier. Dans le petit appartement composé de trois pièces, au plafond bas, monsieur, madame et mademoiselle Boleau, qui n'ont pas encore fini de s'habiller, circulent fébrilement.

M. BOLEAU, *en chemise et en pantalon, bretelles ballantes.* — Cocotte ?

MADAME BOLEAU, *en peignoir.* — Mon loup ?

M. BOLEAU, *anxieux.* — La terrine ?

MADAME BOLEAU. — Elle y est. Félicie l'a descendue.

M. BOLEAU. — La salade ?

MADAME BOLEAU. — Elle y est.

M. BOLEAU. — Le fromage ?

MADAME BOLEAU. — Il y est. Avec le sel et le poivre.

M. BOLEAU. — Qu'est-ce que c'est ?

MADAME BOLEAU. — Du gruyère, parce qu'un brie, dans le panier... j'ai eu peur.

M. BOLEAU. — C'est plus sage, en effet. Dépêche-toi.

LUCIE. — Oh oui, maman, tu vas nous mettre en retard.

MADAME BOLEAU. — Je n'ai plus que ma robe à enfiler.

M. BOLEAU. — Ta robe ! Tu es en chemise ! Et puis tu n'as pas besoin de te friser pour aller à la campagne ? Ote tes bigoudis, allons.

MADAME BOLEAU. — Je ne veux pas être non plus à faire peur !

M. BOLEAU, *à sa fille.* — Ta mère est toujours la même ! Je vais me raser.

MADAME BOLEAU. — C'est ton père qui m'ahurit.

M. BOLEAU, *qui reparaît sur le seuil.* — Cocotte ?

MADAME BOLEAU. — Mon loup ?

M. BOLEAU. — Et l'eau chaude ?

MADAME BOLEAU. — Tu veux emporter de l'eau chaude ?

M. BOLEAU. — Mais non. C'est pour ma barbe.

MADAME BOLEAU. — Ah ! je vais te la donner. *(Elle appelle.)* Félicie !

M. BOLEAU. — Qu'est-ce qu'elle fait, cette Félicie? Mais qu'est-ce qu'elle fait?

MADAME BOLEAU. — Elle fait sa mayonnaise, cette fille, écoute donc ! pour manger avec le homard.

M. BOLEAU. — C'est différent, je retire. *(A Lucie.)* Eh bien, l'enfant, es-tu contente, toi ? Tu ne dis rien ?

LUCIE, *qui s'affaire.* — Je suis trop heureuse.

M. BOLEAU, *qui repasse son rasoir sur sa paume.* — Tu peux ! mâtin ! Ça va aller avec papa, maman... déjeuner sur l'herbe... à Villejuif, comme une demoiselle du grand monde ! Et dans sa voiture encore ! Dans la voiture à son père qu'on étrenne! Rien que ça de reste ! Il n'y a plus d'enfants.

MADAME BOLEAU, *portant une bouillotte bleue.* — Voilà ton eau. Méfie-toi. La bouillotte est brûlante.

M. BOLEAU. — Merci, ma grosse. Dépêche. Dépêche. Sue un peu.

LUCIE. — Oh ! papa. C'est surtout ça qui me fait plaisir à moi, la voiture et le cheval ! Mais un plaisir ! Voilà si longtemps qu'on le désirait tous...

MADAME BOLEAU. — Le rêve de ma vie ! *(A Lucie.)* Tu es trop petite pour pouvoir te rappeler... Mais quand nous avons fondé la maison, ton père et moi, ça n'allait pas fort.

M. BOLEAU. — Non.

MADAME BOLEAU. — Nous n'avions même pas les moyens d'avoir un garçon de magasin. Désiré n'est venu que bien après. Si on nous avait dit dans ce temps-là que nous aurions un jour la voiture.

LUCIE. — Et quelle voiture !

M. BOLEAU. — Elle est un peu chic, hein ?

LUCIE. — Oh ! oui.

MADAME BOLEAU. — Moi, je n'ai pas très bien pu la voir, l'autre jour, dans la remise où elle était, chez le marchand, mais elle m'a paru tout de même bien jolie... avec son petit toit, ses rideaux de cuir...

M. BOLEAU. — C'est le genre tapissière... mais coquet, et à la mode. Et puis, à la fois élégant et pratique ! Ça nous rendra de grands services pour notre mouvement d'affaires. Et puis, surtout... l'effet moral... Dans tout le quartier, l'arrondissement... pas idée, mes enfants ! *(Il baisse la voix.)* On ne parle que de ça... La voiture des Boleau. Ça prend des proportions... Y en a qui ragent.

MADAME BOLEAU. — Les Verroux ?

M. BOLEAU. — Les Verroux, les Porilleux... les... Tous. « Une voiture ! Déjà

Ils vont vite ! » Je te crois que nous allons vite ! surtout quand je conduis, vous allez voir ça ! Je conduis de première, moi, comme Montjarret.

MADAME BOLEAU. — Sois prudent, papa.

M. BOLEAU. — Ça me connaît. Avec moi !...

VOILA TON EAU, LA BOUILLOTTE EST BRULANTE.

LUCIE, *à son père.* — Connais-tu bien ce cheval, au moins ?

M. BOLEAU. — C'est un beau cheval, bigre !

LUCIE. — Ça oui !

MADAME BOLEAU. — Nous ne l'avons vu qu'à l'écurie.

M. BOLEAU. — Vous le verrez attelé. Ça n'est plus le même. Un vrai cheval de teinturier ! C'est une bête qui ne déparerait pas une voiture du Bon Marché, vous savez ! Et du sang.

MADAME BOLEAU. — Prends bien garde.

MADAME BOLEAU, *à sa fille.* — Ton père sait tout faire.

LUCIE, *à son père.* — Comment s'appelle-t-il ?

M. BOLEAU. — César.

MADAME BOLEAU. — Je ne suis pas folle... un nom grec... Nous lui en choisirons un autre.

M. BOLEAU. — Nous verrons ça. Mais dépêche-toi donc !

MADAME BOLEAU. — C'est toi aussi qui me fais causer. Et puis après...

M. BOLEAU. — Dépêche-toi... Tiens, tu vois, tu m'as mis en retard, je n'ai pas fait ma barbe et mon eau est froide.

LUCIE. — Pourvu qu'il ne pleuve pas !

M. BOLEAU. — Il ne pleuvra pas. Les fraises ! A-t-on bien enveloppé les fraises ?

LUCIE. — C'est moi qui ai fait le paquet.

M. BOLEAU. — Et la glace ?

MADAME BOLEAU. — Elle y est. Un beau morceau de dix sous.

M. BOLEAU. — Elle ne fondra pas trop ?

MADAME BOLEAU. — Non. Je l'ai entourée avec un de tes vieux gilets de flanelle.

M. BOLEAU. — Ça va bien. Ah ! mes enfants ! Plus de blagues à présent, je vais à ma barbe. (*Il passe dans la pièce voisine.*)

MADAME BOLEAU, *à sa fille.* — Tu vas voir que finalement c'est nous qui serons prêtes avant lui ?

M. BOLEAU, *à la cantonade.* — Tra la la ! (*Un silence.*) Elle est froide.

LUCIE. — Dis donc, petit père ?

M. BOLEAU, *de la pièce voisine et qui parle en se rasant, ce qui fait qu'on ne le comprend point.* — Ou... âh !

LUCIE. — Quand est-ce qu'elle va venir la voiture ?

M. BOLEAU. — Ou... a... eu.

LUCIE. — Je ne t'entends pas.

M. BOLEAU, *qui s'interrompt.* — Tout à l'heure. Le cheval et la voiture sont à côté, en pension chez Coupois, le marchand de grains. Leur valet d'écurie doit nous amener l'équipage tout attelé. Il ne tarde que le moment d'arriver. Regarde un peu par la fenêtre si tu ne le vois pas.

LUCIE, *qui se penche et regarde.* — Non.

M. BOLEAU, *qui apparaît.* — C'est comme ton cousin Édouard.

MADAME BOLEAU. — Oh ! lui, il n'est jamais pressé. Il ne s'amène qu'à la dernière minute. (*A son mari.*) As-tu pensé où est-ce que nous déjeunerons, avec tout ça ?

LUCIE. — Eh bien, mais à Villejuif, maman. C'est convenu.

MADAME BOLEAU. — Oui, mais où ?

M. BOLEAU. — Sur l'herbe.

MADAME BOLEAU. — As-tu un endroit?

M. BOLEAU. — Si j'ai un endroit ! Mais certainement que j'en ai un, ma pauvre bonne ! Sois donc sans inquiétude. Je ne suis pas un enfant.

MADAME BOLEAU. — Tout ça ne nous dit pas...

M. BOLEAU, *guilleret.* — Petite impatiente ! Écoute-moi. Passé l'avenue d'Italie et les fortifications, nous tournons à gauche, ensuite à droite, nous marchons vingt-cinq minutes... Un chemin délicieux... rien que des jardins de tous les côtés... des arbres, des fleurs, des fruits... Nous sommes en pleines pépinières... On arrête César.

LUCIE. — On descend.

M. BOLEAU. — On choisit une jolie place. Le rebord d'un fossé, s'il y a moyen. De la belle herbe... Pas de soleil. Tu déballes le panier...

MADAME BOLEAU. — En faisant bien attention.

M. BOLEAU. — Et on déjeune... comme des rois ! Est-ce ça, madame Boleau ?

LUCIE. — Il me semble que j'y suis déjà !

MADAME BOLEAU. — Je retirerai mon chapeau pour manger plus à mon aise.

M. BOLEAU. — Si tu veux.

LUCIE. — Moi, j'emporte un gros morceau de sucre pour César.

MADAME BOLEAU. — Décidément, je n'aime pas du tout ce nom.

M. BOLEAU. — Eh bien ! on le changera. Finis de t'habiller.

MADAME BOLEAU. — Et toi aussi.

FÉLICIE, *entrant.* — Madame, c'est Désiré en bas qui demande si c'est bien tout, s'il peut corder le panier ?

MADAME BOLEAU, *à Lucie.* — Dame... oui... Voyons, fillette, il me semble qu'on n'a rien oublié ?

LUCIE. — Les radis ?

MADAME BOLEAU. — Y sont.

LUCIE. — La grosse poire ?

MADAME BOLEAU. — Y est.

LUCIE. — Le vin blanc ?

MADAME BOLEAU. — Aussi.

LUCIE. — La liqueur ?

MADAME BOLEAU. — Aussi, pour nous, le restant du marasquin. Pour ton père, j'ai mis du cognac dans une ancienne petite bouteille d'eau de Cologne. (*A Félicie.*) Oui, Désiré peut ficeler.

FÉLICIE. — Bien, madame. (*Elle sort.*)

LUCIE, *à sa mère.* — Tu n'as pas oublié les verres ?

MADAME BOLEAU. — Ils y sont. Avec ta timbale de pension. Le plus fort est fait. Je commence à souffler.

LUCIE, *qui s'est mise à la fenêtre.* — Voilà la voiture ! Papa ! Maman ! venez vite ! Oh ! qu'elle est belle !

MADAME BOLEAU, *à la fenêtre.* — Oui. (*Bas, à son mari.*) Ça m'impressionne.

M. BOLEAU, *qui se penche également.* — N'est-ce pas ? Ça fait quelque chose. (*Il hoche la tête.*) Voilà ! A force de travailler et de s'abîmer les mains dans le sirop. Ah ! dame, ça en représente du nettoyage à sec du dégraissage, et des cravates, et des gants ! Oui !

MADAME BOLEAU. — Et puis, les vois-tu tous aux fenêtres ?

LUCIE. — Ils ouvrent des yeux comme des puits.

M. BOLEAU. — Ça les fait bisquer.

LUCIE. — César est encore plus beau dans les brancards.

M. BOLEAU. — Oui. Et l'on ne voit pas qu'il a été couronné.

MADAME BOLEAU, *surprise.* — Ah ! tu ne nous avais pas dit ?...

M. BOLEAU. — Oh ! il y a si longtemps ! Et puis, ça n'a aucune importance pour un cheval ! D'ailleurs, nous ne sommes pas des nobles du faubourg, nous ! On est de bonnes gens. Nous avons un cheval, pour l'usage, parce qu'il le faut, et que nos affaires prennent vraiment une énorme extension ! Voilà tout ! Le reste on s'en moque !

LUCIE. — Je descends le caresser.

M. BOLEAU. — Attends-moi.

MADAME BOLEAU, *à Lucie.* — Oui, attends ton père. C'est plus convenable.

M. BOLEAU, *à sa fille.* — Dans cinq minutes, je suis à toi. (*Il passe dans sa chambre. De loin.*) Quelle cravate me conseillez-vous ?

MADAME BOLEAU. — Ta verte à pois.

M. BOLEAU, *qui parle en allant et venant, de la pièce voisine.* — Et puis... vous ne savez donc pas... que j'ai acheté, pour conduire, une paire de gants rouges, épatants, en peau, comme les cochers de grande maison ! et qui m'a coûté six francs.

MADAME BOLEAU. — Six francs !

M. BOLEAU. — J'ai la main forte. Neuf et quart. (*Un silence et soudain il pousse un grand cri.*) Ah !

LUCIE. — Père a crié !

MADAME BOLEAU, *qui se précipite.* — Qu'as-tu ?

M. BOLEAU, *il paraît sur le seuil, bouleversé.* — Cocotte !

MADAME BOLEAU, *dans l'alarme.* — Mon loup !

M. BOLEAU, *dont l'angoisse augmente.* — Cocotte ! Cocotte !

MADAME BOLEAU, *l'adjurant.* — Parle ! tu me fais peur !

M. BOLEAU, *dont la voix se brise.* — Mes enfants ! Mes pauvres...

MADAME BOLEAU. — Mais quoi? Tu...

M. BOLEAU. — Ça y est. J'ai mal aux dents !

LUCIE. — Ta dent !

MADAME BOLEAU. — Ta même !

MADAME BOLEAU. — Oui, en conduisant !

M. BOLEAU, *qui éclate.* — En condui... ? Vous croyez que je suis en état de conduire, quand j'ai ma rage ? Ah ben ! Vous êtes drôles, encore ? Mais c'est fini ! réglé !... nettoyé... le déjeuner sur l'herbe !

LUCIE. — Oh !

M. BOLEAU. — N'y a plus qu'à dételer... Et au trot !

MADAME BOLEAU. — Vraiment ? Tu ne peux pas ?

NE T'ÉNERVE PAS, MON PETIT HOMME...

M. BOLEAU. — Ma... Oui. Oh ! sacrédié de...

MADAME BOLEAU. — Ne t'énerve pas.

LUCIE. — Ça va peut-être se passer.

MADAME BOLEAU. — Mets-toi quelque chose dessus !

LUCIE. — Un peu de cognac ?

MADAME BOLEAU. — De l'eau de Suez ?

M. BOLEAU. — Inutile. Ça y est... Laissez-moi ! Ça y est ! Sacrédié de...

MADAME BOLEAU, *mains jointes.* — Ne t'énerve pas, mon petit homme...

LUCIE. — Ça va se passer au grand air...

M. BOLEAU. — Je suis fou.

MADAME BOLEAU. — En faisant un petit effort ?...

M. BOLEAU. — Un petit effort ! Oui-dà! Je voudrais t'y voir, toi, avec de l'acide prussique dans la gueule !

MADAME BOLEAU. — Comme tu me parles ! Et devant Lucie !

M. BOLEAU. — Qu'on me fiche la paix ! Qu'on dételle ! Je vais m'enfermer, me coucher ! Oh ! la la ! Quelle partie, Seigneur !

MADAME BOLEAU. — Si tu allais chez le dentiste ? Il y en a un...

M. BOLEAU. — Le dentiste ! Où ! Qui ! Encore du propre ! Mais le dimanche, ils sont tous fermés ! Où as-tu la tête ? Ils se baladent à la campagne, le dimanche ! Ils se f... bien de moi, les chameaux !

LUCIE. — Pauvre papa !

MADAME BOLEAU. — Pauvre loup ! Mon pauvre ange !

M. BOLEAU. — Qu'on ne me plaigne pas ! Qu'on ne me dise rien ! Voilà que ça redouble... Oh ! Oh ! Et puis les autres, qui vont être contents ! qui sont tous là aux fenêtres. Les Verroux ! Les Porilleux !... C'est bien ma veine ! Et tout ça parce que je suis un teinturier, un pauvre bougre ! Les gens chic, qui vont aux courses, ils n'ont pas mal aux dents, eux ! Pas de danger ! Tandis que moi ! Ah ! je m'en rappellerai, de la partie de Villejuif ! je m'en rapp... (*Il va dans sa chambre et s'enferme.*)

MADAME BOLEAU, *qui regarde sa fille.* — Nous aussi. (*Elles ont des larmes aux yeux.*)

LE COUSIN ÉDOUARD, *faisant irruption.* — Eh bien ! On ne part pas ?

MADAME BOLEAU. — On ne part plus, Édouard !

LUCIE. — Quel malheur !

ÉDOUARD, *abruti.* — Hein ?... Quoi ?

LUCIE. — Papa a sa dent.

ÉDOUARD. — Qu'est-ce que vous me dites là !

MADAME BOLEAU. *Fracas à côté.* — L'entendez-vous ? Il brise les meubles.

Silence. Consternation. César se met à hennir avec ironie.

SUR LES QUAIS

LE PÈRE PEZOU. L'AMATEUR, un vieux monsieur.

En juillet. L'amateur est en train de bouquiner sur les quais dans les boîtes du bonhomme Pezou qui tient ses assises aux environs du pont des Saints-Pères. Le bonhomme Pezou, ratatiné sur un petit pliant, fume sa pipe.

L'AMATEUR, *présentant un volume de loin au bonhomme Pezou.* — Combien ça ?

PEZOU. — Ah ! Ah ! Bien le bonjour. Vous voilà encore, monsieur ?

L'AMATEUR. — Toujours, père Pezou. Bien le bonjour.

PEZOU. — Même le dimanche ?

L'AMATEUR. — Surtout le dimanche.

PEZOU. — Vous n'êtes donc pas parti, comme tous ces messieurs ?

L'AMATEUR. — Non, père Pezou. Je ne m'en vais qu'en août. (*Revenant à son bouquin.*) Combien ça ?

PEZOU. — Ça ? (*Il prend le volume.*) Voyons ? (*L'ouvre et lit le titre.*) « Antiquitatum Romanorum. Libri decem a Johanne Rosino Bartholomæi Lugduni Porta. »

L'AMATEUR, *qui s'impatiente.* — Oui. 1606. Ne me le récitez pas.

PEZOU, *très calme.* — Il est gentil. (*Il le feuillette comme s'il était un acheteur.*) Il y a de bonnes figures sur bois.

L'AMATEUR. — C'est convenu. Père Pezou, vous êtes insupportable. Vous faites toujours un tas de manières pour chaque livre dont je vous demande le prix. Combien ?

PEZOU. — Où était-il ?

L'AMATEUR. — Là, dans la boîte qui n'est pas marquée.

PEZOU. — La boîte des beaux ? Alors, c'est quatre francs.

L'AMATEUR, *qui a préparé depuis un instant sa monnaie.* — En voilà trois.

PEZOU. — Vous n'êtes pas raisonnable. Trois cinquante.

L'AMATEUR. — Ça va. Il faut toujours en passer par où vous voulez. Père Pezou, je vous fais enrager, mais je vous aime bien.

PEZOU. — Moi aussi, monsieur. J'aime tous mes clients, d'abord. Et Dieu sait si j'en ai !

L'AMATEUR. — Alors, vous faites fortune ?

PEZOU. — Guère.

L'AMATEUR. — Pourquoi ?

PEZOU. — Parce que ce n'est point ici qu'on fait fortune. Sur le quai, on se contente de vivre. Être riche, c'est bon pour les grands marchands, qui sont dans les passages !... Nous autres...

L'AMATEUR. — Allons, ne vous plaignez pas !

PEZOU. — Oh ! je ne me plains pas. Je me trouve très bien comme je suis.

L'AMATEUR. — A la bonne heure ! Vous n'êtes pas malheureux, en somme ?

PEZOU. — Non. Mais ça tient à ma nature. Parce que j'ai toujours été un peu... comment vous dire ?... artiste et poète.

L'AMATEUR. — Allons donc ?

PEZOU. — Ça vous étonne de moi ?

L'AMATEUR. — Pas du tout.

PEZOU. — La faute des livres, probablement. Comme le disait monsieur Marmier : à fréquenter le livre, on s'élève.

L'AMATEUR. — Mais oui, père Pezou.

PEZOU. — J'ai beau n'être que le bonhomme Pezou... avec mes soixante et onze ans et mon pliant, j'ai bien de la petite joie, je vous assure. On est là, des heures, assis les trois quarts de l'année, à se réfléchir, à regarder passer le temps, les hommes et les saisons. Ça donne envie d'avoir un chien. On est quasi comme des bergers. Le troupeau, c'est les bouquins. Pour un peu, on tricoterait quand l'heure est longue. Je vous semble bête ?

L'AMATEUR. — Au contraire, père Pezou. Vous dites de très jolies choses.

PEZOU. — Je ne dis point de jolies choses, mais je sens ce que je dis. Oui, quand il fait bleu, là-haut, que le ciel est de vente, eh bien, de voir couler le fleuve et les bateaux, je ne me lasse jamais. Nous autres, on s'attache au fleuve comme le marin à la mer, et il y en a parmi nous qui, même retirés sur le tard, et n'ayant plus de commerce, viennent encore par les beaux dimanches, s'asseoir ici comme au temps où ils avaient leurs dix mètres de quai. Ils ont besoin de la Seine, des cris des écoles de natation, du sifflet des remorqueurs, et de l'aboiement des chiens qu'on lave, et du vent dans les branches des grands arbres qui ont les pieds sous l'eau. C'est toute leur vie.

L'AMATEUR. — Je comprends ça.

PEZOU. — L'automne, c'est bien joli aussi, chez nous, allez ! Arrive le soir, l'eau est violette. Et à la brume, quand nous fermons nos boîtes pleines de feuilles mortes, il y a toujours le même rayon de soleil couchant qui met le feu à la tour Saint-Jacques.

UNE PETITE BONNE, *tendant un livre.* — Qu'est-ce que ça vaut, ça, monsieur ?

PEZOU, *lisant.* — *Le Langage des fleurs.* Cinq sous. Quatre pour vous, ma petite demoiselle. (*Elle paye et s'en va.*)

L'AMATEUR. — Continuez, père Pezou. J'aime beaucoup vous entendre parler.

PEZOU. — Monsieur dit ça ! Monsieur est bien bon. Monsieur Marmier me disait la même chose.

L'AMATEUR. — Vous voyez bien !

MONSIEUR MARMIER ME DISAIT LA MÊME CHOSE.

PEZOU. — Un brave homme ! Et bien capable, que monsieur Marmier ! Et puis qui s'y connaissait ! Des fois il me racontait ses voyages. Il avait été dans les neiges. On n'en fait plus guère de comme ça, et c'est dommage !

L'AMATEUR. — Depuis combien de temps êtes-vous au quai, père Pezou ?

PEZOU. — Vingt-neuf ans, monsieur.

L'AMATEUR. — C'est un bail.

PEZOU. — Oui.

L'AMATEUR. — Mais pendant ces

vingt-neuf ans, vous n'êtes pas resté à la même place ?

PEZOU. — Non. J'ai été ci et là. Mais le quai c'est toujours le quai, à condition de ne pas s'en aller trop loin toutefois, de ne pas sortir de la zone.

UN COLLÉGIEN, *tendant un livre.* — Combien ?

PEZOU, *qui prend et lit.* — *La Femme de feu.* Un franc cinquante, mon petit monsieur.

LE COLLÉGIEN. — Voilà. (*Un silence.*) Pourriez-vous me l'envelopper ?

PEZOU. — Mais oui. (*Narquois.*) Ça vaudra mieux. (*Il l'enveloppe.*) — (*A l'amateur.*) Voulez-vous que je vous dise, monsieur.

L'AMATEUR. — Dites.

PEZOU. — Eh bien ! ce qu'il y a de plus beau à Paris, dans tout Paris... c'est pas les Halles, c'est pas la Madeleine, c'est pas le monument de Gambetta ni tout le reste, non, monsieur : c'est les quais, et les quais de gauche en première ligne. Est-ce pas vrai ?

L'AMATEUR. — C'est possible. Les quais sont très bien.

PEZOU, *s'enflammant.* — Oh ! monsieur ! mais c'est une chose si étonnante... quoi !... que ça ne peut pas se qualifier. Pensez donc ! Les quais ! Rien que ce mot-là, est-ce que ça ne vous évoque pas tout le lointain, tout ce qui n'est plus, et comme c'est représenté sur les gravures ? Les quais ! saperlotte ! moi, ça me secoue, ça me touche plus que leur Arc de Triomphe ou l'Opéra.

L'AMATEUR. — Vous avez raison.

PEZOU. — Tous ces vieux parapets où il gèle l'hiver, où le soleil tape en été, si vieux que ça en est comme de l'histoire de France en pierre... Malgré moi je songe à ceux-là qui s'y sont accoudés, ou assis jambes pendantes, les années d'autrefois, avant que nous ne venions avec nos boîtes... C'était peut-être les mêmes en culotte courte que ceux qui ont écrit tous ces bouquins en veau que nous vous vendons... Et puis tout ça, si magnifique, en face ! Le Louvre, les Tuileries... les sculptures... ça fait quelque chose.

L'AMATEUR. — Je vous envie, tenez, père Pezou, et je voudrais bien être à votre place. Tous les marchands des quais sont heureux, décidément.

PEZOU. — Y a de la misère aussi, allez. Ainsi, nous avons dans la corporation une petite mère de quatre-vingts ans bientôt. Elle avait un bon emplacement, proche l'Institut... elle n'a pas renouvelé à temps... est-ce que je sais ? Bref, on l'a délogée, elle a été obligée de s'en aller à des millions de lieues.

L'AMATEUR. — Où ça ?

PEZOU. — Vers la Cour des Comptes, les ruines de Palmyre... Eh bien ! ça n'est plus ça, monsieur. Elle ne fait rien. A peine, par-ci, par-là, une « Clé des Songes » ou un « Petit Albert ». Et encore, le dimanche ! parce qu'en semaine... Elle n'a pas d'assez belle marchandise pour la clientèle riche !

L'AMATEUR. — Ça n'est donc pas un bon jour, le dimanche ?

PEZOU. — Pas mauvais. Mais ça ne vaut pas la semaine. Le dimanche, c'est surtout les collégiens, les employés, un peu de messieurs prêtres, et puis des domestiques. Maintenant, tout de même, faut pas être ingrat... Mars, avril, y a de jolis dimanches ! Mars, avril, c'est nos deux grands mois. Quinze jours après le Grand Prix, plus personne : on ne vit plus que sur l'étranger et le provincial.

L'AMATEUR. — Ils achètent ?

PEZOU. — Assez.

L'AMATEUR. — Vous vole-t-on ?

PEZOU. — Non. Ça n'en vaut pas la peine. Et puis l'amateur est si convenable ! C'est pas de ces messieurs qui suivent les femmes. Du monde tout à fait bien. Pourtant, faudrait pas tout de même les laisser trop seuls. A quoi bon tenter ?

L'AMATEUR. — Alors, affreux père Pezou, vous me surveillez ?

PEZOU. — Certes, oui, monsieur... Mais pas pour ça... Pour autre chose qui m'amuse.

L'AMATEUR. — Quoi donc ?

PEZOU. — Vous n'allez pas vous fâcher ?

L'AMATEUR. — Avec vous ? Jamais !

PEZOU. — Eh bien, tous, tant que vous êtes, les amateurs, je vous observe et je vous guigne pour tous vos petits manèges qui me font faire un bon sang... qui me divertissent, mais à un point que vous n'avez pas idée

L'AMATEUR. — Ah bah

PEZOU. — Oui... Ah ! si nous avons de la joie, vous en avez encore plus que nous, allez ! Je ne vous quitte pas du coin de l'œil ! Mon Dieu ! que vous êtes roublards, tous ! tous !... Quand vous trouvez quelque chose, soit une chose que vous cherchiez ou bien que vous découvrez pas hasard... il y a votre figure d'abord qui est toute une symphonie. Un éclair qui vous passe dans l'œil, la bouche... et puis vous éteignez, vous faites le mort. Vous tripotez l'objet, vous le feuilletez, vous le remettez comme si vous n'en vouliez pas, pour ne pas attirer l'attention dessus... vous allez à d'autres, puis vous y revenez, vous le reprenez avec dédain, avec une grimace ou une moue, vous soufflez la poussière qui est dessus... Il vous dégoûte ! Vous le scrutez longtemps, dans tous les coins, pour voir si rien ne manque : la pagination, le faux-titre, le privilège du roi, etc., et alors, après tout ça... la façon dont tout lentement, tout bêtement, vous vous retournez vers nous, d'un air de n'y pas tenir, comme si vous pensiez : « Oh ! ça n'est pas fameux ! C'est uniquement pour vous obliger ! » Et vous nous tendez cette horreur de bouquin du bout des doigts : « Combien ça ? » Si c'est deux francs, vous en offrez un. On s'arrange à un cinquante. Et puis voilà. Est-ce ça, voyons, monsieur ? Est-ce bien ça ?

L'AMATEUR. — Père Pezou ! Vous êtes effrayant. Je suis froissé.

PEZOU. — Que non pas.

L'AMATEUR. — Si. Et la preuve, c'est que je m'en vais.

PEZOU. — Je suis bien tranquille. Vous reviendrez.

L'AMATEUR. — Eh ! Eh ! C'est pas dit.

PEZOU. — Enfin, puisque vous voilà parti, faites donc... — sans vous commander — une chose qui serait gentille...

L'AMATEUR. — Quoi ?

PEZOU. — En vous en retournant, passez donc par les ruines de Palmyre... Notre petite mère... Vous la reconnaîtrez. Elle a une canne à la main, à cause d'une jambe courte... Alors, vous lui prendrez n'importe quoi... une « Cuisinière bourgeoise » ou un « Parfait secrétaire ». Ça lui fera son dimanche. Elle achète du lait. Pauvre petite bonne femme !

L'AMATEUR. — C'est entendu.

C'EST LE JOUR DE LA FAMILLE

DIANE DE SAINT-GOBAIN, 28 ans.
MADAME LECHOUX, 59 ans.
L'ONCLE ARTHUR, 47 ans.
LE PRINCE POPOPOF, 60 et quelques.
LA FEMME DE CHAMBRE.

En hiver. Chez Diane. Le petit hôtel, boulevard Pereire. Diane, au premier étage, dans sa chambre régence est couchée sur une chaise-longue au coin du feu. Un coup de timbre en bas. Quelques minutes ; et la femme de chambre entr'ouvre la porte.

LA FEMME DE CHAMBRE, *à Diane.* — Madame, c'est eux.

DIANE. — Qu'ils montent. Maintenant, partez. Dites à Sylphide et à Pauline qu'elles sont libres, jusqu'à ce soir minuit. Roméo peut aussi aller se promener, je ne dîne pas.

LA FEMME DE CHAMBRE. — Bien, madame. Les voilà. (*Elle s'efface. Madame Lechoux et l'oncle Arthur entrent. La porte se referme.*)

MADAME LECHOUX. — Bonjour, fifille.

DIANE. — Bonjour, maman.

L'ONCLE ARTHUR. — Bonjour, ma nièce.

DIANE. — Bonjour, tonton. Asseyez-vous. Quitte ton chapeau, petite mère. Débarrasse-toi aussi, tonton, mets ton parapluie dans le coin. Il fait froid ?

MADAME LECHOUX. — Pas chaud.

L'ONCLE ARTHUR. — De ce matin, aux Halles, j'en avais l'onglée, dame oui !

MADAME LECHOUX. — On est mieux ici.

L'ONCLE ARTHUR. — T'as là un bois qui brûle et qui pète, que ça fait plaisir. Un sacré bois ! Combien que tu le payes ?

DIANE. — Je ne sais pas.

L'ONCLE ARTHUR. — Tu ne sais pas ?

DIANE. — Non.

L'ONCLE ARTHUR. — Qu'est-ce qui s'occupe de ça donc chez toi ?

DIANE. — Je ne sais pas.

L'ONCLE ARTHUR. — Oh ! ben !

DIANE. — Je crois que c'est Pauline.

L'ONCLE ARTHUR. — La fille de service ? Mais a te fait tort. A te vole.

DIANE. — Parbleu !

MADAME LECHOUX. — Qu'éque tu veux que ça y fasse, puisque c'est pas elle qui paye ?

L'ONCLE ARTHUR. — Ça fait rien... L'argent...

MADAME LECHOUX, *à l'oncle Arthur.* Tais-toi, allons. Ne sois point niais, mon frère. Et chauffe-toi, sans chercher des raisons.

L'ONCLE ARTHUR, *il pousse un soupir. A Diane.* — C'est toujours le prince ?

DIANE. — Naturellement.

L'ONCLE ARTHUR. — Comment donc que tu l'appelles déjà ? Je peux jamais me remettre...

DIANE. — Po.

L'ONCLE ARTHUR. — Tu rigoles ?

DIANE. — Popopot.

L'ONCLE ARTHUR. — Voilà. Ça me revient.

DIANE. — Seulement dans l'intimité, couramment... je l'appelle Pô.

L'ONCLE ARTHUR. — Ça ne l'offense point ?

DIANE. — Il adore ça.

L'ONCLE ARTHUR. — Ce que c'est que les femmes ! Ah ! non !

MADAME LECHOUX. — Et les hommes, donc ! C'est en proportion !

L'ONCLE ARTHUR. — Oui. Moi, quand j'y pense... je regrette souvent ça...

DIANE. — Quoi donc ?

L'ONCLE ARTHUR. — De ne pas avoir été prince... et de la Russie. J'aurais pu naître... Si le bon Dieu, qu'il l'eût voulu... Dame ! *(Un temps.)* L'a point voulu. *(Un temps.)* Tant pire. C'est égal. Ç'aurait été plus plaisant que d'être maraîcher.

DIANE. — As-tu faim ?

L'ONCLE ARTHUR. — Pas encore. Ça s'amasse.

DIANE. — As-tu soif ?

L'ONCLE ARTHUR. — Tout à l'heure.

DIANE, *à madame Lechoux.* — Toi, maman, veux-tu te rafraîchir ?

MADAME LECHOUX. — Non. Mais... d'ici une heure, je te demanderai, s'il t'en reste encore un peu, de ce fromage de dimanche dernier.

DIANE. — N'y en a plus, maman. Crois-tu pas qu'on le conserve dans l'esprit-de-vin ?

MADAME LECHOUX. — C'est dommage. Il était bon. Alors, je prendrai de la liqueur. Mais pas tout de suite. Vers la nuit. Quand on allumera la lampe.

L'ONCLE ARTHUR. — Moi, la liqueur, ça me poisse. Tu me donneras du vin, du cacheté, du vin russe, si tu en as ? Pour boire à la France. *(Il chante.)*

> La France elle est ma mère
> Et je suis ses enfants !

DIANE. — Tais-toi. Tu me casses la tête.

MADAME LECHOUX, *à sa fille.* — Enfin, tu continues d'être contente ?

DIANE. — Enchantée.

MADAME LECHOUX. — Il est toujours aussi bien ?

DIANE. — Mieux encore si c'est possible.

MADAME LECHOUX. — Il te fait toujours des petits cadeaux ?

DIANE. — Des petits et des gros.

MADAME LECHOUX. — Par exemple ? Dis-moi donc ça.

DIANE. — Il m'a donné, hier, une bague.

L'ONCLE ARTHUR, *désignant un rubis qu'elle a au doigt.* — C'est-i ce rocher-là ?

DIANE. — Non, celle-là, tu la connais bien, tonton ?

MADAME LECHOUX, *à son frère.* — C'est celle qu'il lui a donnée pour la mort de sa femme.

DIANE. — Celle d'hier, c'est un saphir étoilé. Je vous le montrerai tout à l'heure.

MADAME LECHOUX. — Oui. Quand on sera installé. D'abord, donne-nous des tabliers comme tous les dimanches ?

L'ONCLE ARTHUR. — Où qu'i sont nos tabliers ?

DIANE. — Vous savez bien ? Dans la lingerie. Le placard à gauche de la cheminée.

L'ONCLE ARTHUR. — J'y vas. (*Il sort.*)

MADAME LECHOUX. — C'est beau, un homme qui est large, bien donnant. Ce qui me rend heureuse, ma colombe, c'est que tu sois bien tombée.

DIANE. — Oui.

MADAME LECHOUX. — Penses-tu que tu le garderas ?

DIANE. — Le plus longtemps possible. Et puis, je ne suis pas intéressée, j'aime mieux ne pas penser à tout ça.

MADAME LECHOUX. — Il faut y penser. C'est ton devoir. Si tu n'y penses pas pour toi, fais-le pour les tiens, pour ta mère. Quand on a de la famille, on doit se... tu m'entends, petite fille ?

DIANE. — Oui, maman.

MADAME LECHOUX. — Si ton pauvre père existait ! (*Un silence.*) Ah ! un petit mot. Si tu as aujourd'hui des choses à me donner, ne me les donne pas devant ton oncle. Il est jaloux.

DIANE. — Compris.

MADAME LECHOUX. — Chut !

L'ONCLE ARTHUR, *qui reparaît avec un tablier à la taille.* — Me v'là larbin. (*Il tend l'autre à madame Lechoux.*) A toi, Aglaé !

MADAME LECHOUX, *qui le passe et se le ficelle. A sa fille.* — Voyons ? Qu'est-ce que tu vas nous donner à faire, bijou ? On aime t'être utile.

DIANE. — Dame, je ne sais pas, moi.

L'ONCLE ARTHUR. — Qu'est-ce qu'on pourrait t'approprier ?

DIANE. — Tout est propre ici.

MADAME LECHOUX. — Oh ! oh ! Faudrait pas y regarder de trop près. Je suis ben sûre que si on furetait dans les coins, sous les meubles...

DIANE. — Qu'est-ce qui vous amuse le plus ?

MADAME LECHOUX. — N'importe quoi.

L'ONCLE ARTHUR. — Moi, c'est de ranger ton cabinet de toilette.

MADAME LECHOUX. — Tiens ! Le vois-tu là, tout de suite, l'aut' polisson ? (*A sa fille.*) Veux-tu qu'on te fasse... qu'on te fasse... (*Elle cherche.*) Tes cristaux ?

DIANE. — Pas la peine.

L'ONCLE ARTHUR. — Tes casseroles ?

DIANE. — Merci ! Ah bien, mon chef en ferait une musique, s'il s'apercevait qu'on a touché à sa batterie ! On voit bien que vous ne connaissez pas monsieur Roméo.

L'ONCLE ARTHUR. — Non. Mais tu nous as fait manger de son rata. Ça y est ! Il travaille bien.

DIANE. — Tu peux le dire.

MADAME LECHOUX. — Veux-tu qu'on te fasse tes cuivres ?

L'ONCLE ARTHUR. — Tu n'as rien à frotter ?

DIANE. — Tu sais bien que j'ai des tapis partout.

L'ONCLE ARTHUR. — Même dans tes...

DIANE. — Mais oui. Surtout là.

L'ONCLE ARTHUR. — Mazette ! Tu ne t'embêtes pas !

ME V'LA LAPIN.

MADAME LECHOUX. — Enfin, on peut donc t'être bons à rien, ta famille ?

L'ONCLE ARTHUR. — T'as pas un petit pot à eau à recoller avec de la colle de poisson ?

DIANE. — Rien, rien.

MADAME LECHOUX. — On aime tant ça d'être à côté de toi, à travailler pendant que tu ne fais rien, que tu nous contes tes petites histoires de cœur et de préférences, le prince... Et celui-ci... celui-là... Patati... Un verre de liqueur... C'est vrai. Quand arrive le dimanche, pour nous, mon frère et moi, c'est un jour ! parole !

L'ONCLE ARTHUR. — Ah ! ça, oui !

MADAME LECHOUX. — Parce que tu es une fille de cœur à sa mère, bien douce et bien attachante. Tu n'as point de fierté ni de malice. Y a bien des enfants à ta place et avec ta position qui ne voudraient point voir et fréquenter les siens, rapport à leur monde, à ce qu'on dirait... Toi, tu ne rougis point de nous dans tes beaux meubles...

L'ONCLE ARTHUR. — A sait bien aussi qu'on est orgueilleux d'elle !

MADAME LECHOUX. — C'est vrai. Y en a pas de meilleures que toi. Faut que je t'embrasse pour la peine. (*Elle l'embrasse.*)

L'ONCLE ARTHUR. — Eh bien ? Et moi ? (*Il l'embrasse à son tour.*)

DIANE. — Venez voir ma boîte à bijoux ?

L'ONCLE ARTHUR. — Oui !

MADAME LECHOUX. — Oh oui !

DIANE. — C'est que vous les connaissez déjà par cœur ?

MADAME LECHOUX. — Ça ne fait rien. C'est toujours neuf.

L'ONCLE ARTHUR. — On ne se lasse point des bijoux. Et puis on se dit que ça vaut tant d'argent ! Ça représente tant de légumes !

MADAME LECHOUX. — C'est une fortune que t'as là !

DIANE. — Plutôt.

MADAME LECHOUX. — Montre-nous donc. Avec les histoires. De qui ça te vient ? Comment t'as eu chaque ? Tous ces messieurs. Ce que ça vaut. L'aventure de ce grand qui s'est tué ! Pour combien on te les prendrait au Mont. Tout enfin.

DIANE. — Es-tu enfant, ma pauvre petite mère ?

MADAME LECHOUX. — Et puis, après, je te ferai les cartes. Le dimanche, elles parlent. Oui... oui... c'est leur jour.

DIANE. — Eh bien, apprête la table, pendant que je vais chercher mon coffre dans ma chambre.

MADAME LECHOUX. — C'est ça. On va joliment s'amuser. Apporte ta petite brosse fine.

A ce moment un coup de timbre.

L'ONCLE ARTHUR. — On a sonné.

DIANE. — Va donc voir, maman ?

MADAME LECHOUX. — N'y a donc personne ?

DIANE. — Mais non. Tu sais bien que le dimanche je donne congé à toute la smala pour que nous soyons plus tranquilles, bien en famille.

MADAME LECHOUX. — C'est pourtant vrai ! Quand y en a tant d'autres dévergondées à sa place qu'iraient aux courses... elle, cet amour... T'es une perle, tu sais. (*Elle l'embrasse.*)

On resonne.

DIANE. — Va vite. Et je n'y suis pour personne, bien entendu, personne !

MADAME LECHOUX. — J'y vas. (*Elle sort et descend. Diane passe dans la pièce voisine.*)

L'ONCLE ARTHUR, *resté seul, regarde longtemps autour de lui ce qu'il pourrait bien prendre, sans qu'on s'en aperçoive. Il ne trouve rien et soupire. Cependant il glisse dans sa poche un crayon rouge et trois cigarettes russes qui étaient dans une soucoupe.*

MADAME LECHOUX SE CONFOND EN SALUTATIONS

A cet instant, bruit de voix. Un vieillard avec des joues rouges grenues comme une praline et des favoris d'ouate parait à côté de madame Lechoux, qui se confond en salutations.

MADAME LECHOUX, *saisie, à sa fille.* — C'est monsieur le prince. Il m'a dit son nom. Alors...

DIANE, *furieuse, au piano.* — C'est toi ! Pô ?

PÔ. — Oui, ma chère enfant. Mais

quelle est cette dame en tablier qui m'a embrassé la peau des mains, donc ?

DIANE. — Ma mère. Eh bien, t'en as tout de même du toupet de venir le dimanche quand je te l'ai défendu ? Le dimanche, je n'y suis pour personne, même pas pour ton nez. Je te l'ai pourtant assez dit.

MADAME LECHOUX. — Fillette !

DIANE. — La paix, maman !

L'ONCLE ARTHUR, *au prince.* — Faites pas attention.

PÔ, *à Diane, désignant l'oncle Arthur.* — Votre père, Diane ?

DIANE. — Mon fils, si tu veux. Ça ne te regarde pas. Tu m'as compris. Trotte-toi comme un Orloff. En semaine, mon vieux barine, toute la sainte semaine, c'est à toi. Mais le dimanche, halte-là ! c'est le jour de la famille, c'est sacré comme un icône. Là-dessus l'hymne russe... et ouvre tes ailes.

PÔ, *archi-correct.* — Cruelle, chère amie. Très cruelle. Madame... Monsieur...

Il salue et sort.

Silence. Bottines vernies dans l'escalier.

La porte.

L'ONCLE ARTHUR. — Ah çà, t'es folle !

MADAME LECHOUX. — Comme tu lui as parlé !

L'ONCLE ARTHUR. — Il ne reviendra jamais !

DIANE. — Tralalof. Demain matin... sur ma peau d'ours, à plat ventre, il sera.

L'ONCLE ARTHUR. — Il marque vraiment bien ! Et les membres forts ! Ça ferait un maraîcher épatant.

DIANE. — Parle-lui-en. (*A sa mère qui s'est mise à aligner des cartes sur la table.*) Tu fais ma réussite ?

MADAME LECHOUX. — Pour voir s'il mourra dans tes bras !

C'EST LE TROISIÈME DU MOIS

I

MADAME, 32 ans. JEAN, 9 ans.

MADAME, *d'un air gêné.* — Quel dimanche sommes-nous, aujourd'hui, mon petit homme ?

JEAN. — Quel dimanche ?

MADAME. — Oui. Cherche bien. Nous sommes le troisième...

JEAN, *avec volubilité.* — ... dimanche du mois ? C'est le dimanche de mon père ?

MADAME. — Oui. Ça veut dire qu'il faut t'apprêter pour que Lisa te mène tout à l'heure chez lui.

JEAN, *songeur.* — Bon ! bon... Je n'y pensais plus... (*Un petit temps.*) Est-ce que je me fais chic ? Est-ce que je mets mes belles affaires ?

MADAME. — Comme tu voudras.

JEAN. — Mon petit vêtement gris, alors ? C'est bien suffisant.

MADAME. — Comme tu voudras.

JEAN. — Mais oui. Et puis il ne fait pas du tout attention à ça.

MADAME. — Dépêche-toi. Lisa t'attend.

JEAN, *qui a une idée.* — Dis donc, maman ?

MADAME. — Quoi ?

JEAN. — Tu me le diras un jour ?

MADAME. — Quoi donc, mon petit ?

JEAN, *câlin.* — Tu me l'as promis.

MADAME. — Mais... quoi ?

JEAN. — Ce qui t'est arrivé avec mon père... puisque vous êtes fâchés depuis plus de quatre ans.

MADAME, *marchant à travers la pièce.* — Certainement, mon petit Jeannot, je te le dirai.

JEAN. — Quand ?

MADAME. — Plus tard. Quand tu seras grand.

JEAN. — Mais je suis grand. Je vais avoir dix ans.

MADAME. — Quand tu seras un homme, un homme sérieux.

JEAN. — Comme père ?

MADAME, *avec une amère inflexion.* — Oui, comme père.

JEAN. — C'est lui qui a eu tort, n'est-ce pas ? Je le sens bien.

MADAME, *grave.* — Oui. Je t'expliquerai... Tu es encore trop petit.

JEAN. — Oh ! je ne suis pas si petit qu'il n'y ait bien des choses que j'aie devinées.

MADAME, *inquiète.* — Qu'est-ce que tu as deviné ?

JEAN. — Tu vois ? C'est toi qui m'en parles, à présent.

MADAME. — Moi, j'ai le droit. Qu'as-tu deviné ?

JEAN. — Eh bien ! j'ai deviné qu'il avait dû aimer une autre personne que toi et que ça t'avait fâchée. Je comprends ça. Est-ce vrai ?

MADAME, *elle hausse les épaules.* — Va donc t'habiller.

JEAN. — J'ai bien le temps. D'ailleurs, nous arrivons régulièrement en avance, Lisa et moi.

MADAME. — Cela veut dire qu'il est toujours en retard.

JEAN. — Oui. Il vient en voiture, tout essoufflé : « Je te demande pardon, mon pauvre petit ! J'ai été retenu. » Je voudrais te poser une question, maman ? Une question très importante.

MADAME. — Parle.

JEAN. — Faut-il que je sois très gentil avec lui ? Ou simplement passable ?

MADAME, *avec effort.* — Très gentil, mon enfant.

JEAN, *surpris.* — Oh !

MADAME. — Très gentil. C'est ton père. Enfin, il faut suivre l'élan de ton cœur.

JEAN. — Et s'il n'en a pas, mon cœur, un très fort d'élan ? Est-ce nécessaire que j'aime mon père autant que toi ? Ou plus ?

MADAME, *avec vivacité.* — Autant ! Autant ! Ça sera déjà très honorable.

JEAN, *résigné.* — Bon. Je tâcherai. Encore autre chose, maman...

MADAME, *qui voudrait en finir.* — Es-tu bavard !

JEAN. — C'est que tout ça m'intéresse. Pas toi ?

MADAME. — Aussi. Un peu. De quoi s'agit-il ?

JEAN. — Je voudrais savoir si c'est pour toujours l'éternité ?

MADAME. — Quoi ?

JEAN. — Que vous êtes exécrés ?

MADAME. — Oh ! toujours, mon petit Jean.

JEAN. — Jamais plus vous ne vous embrasserez ?

MADAME. (*Elle fait signe que non.*)

JEAN. — Ah ! tu le détestes ?

MADAME. — Non. Il m'est égal. Comprends-tu ? Tout à fait égal.

JEAN, *qui hoche la tête.* — C'est comme un mort ?

MADAME. — Ça dépend desquels. Comme un mort indifférent.

JEAN. — Alors tu ne m'envoies chez lui chaque troisième dimanche du mois que parce que tu es forcée ?

MADAME. — Bien entendu.

JEAN. — S'il n'y avait pas les gendarmes et la loi, tu t'en priverais ?

MADAME. — Oui, mon petit. Je te garderais avec moi. Et nous irions nous promener tous les deux.

JEAN. — C'est dommage. Elle m'assomme, la loi.

MADAME. — N'en disons pas de mal. C'est elle qui t'a laissé à ta mère.

JEAN, *commençant une nouvelle question.* — Pourquoi, maman ?

MADAME. — C'est assez.

JEAN, *mains jointes.* — Plus que ce petit-là ! Pourquoi, maman, dis-tu que si tu n'y étais pas forcée, tu ne m'enverrais pas chez mon père ? Tu crois donc qu'il peut me faire du mal ?

MADAME. — Bien sûr que non.

JEAN. — Quoi alors ? Me dire des vilaines choses ?

MADAME. — Non plus. Parce que c'est du temps perdu, tout simplement. Pour lui et pour toi. Maintenant, cours t'apprêter.

JEAN. — Oui maman. Mais avant...

MADAME, *qui ne veut plus entendre.* — Rien du tout.

JEAN. — Plus qu'un. Qu'une syllabe ?

MADAME. — Il faut tout te passer.

JEAN. — Dis la vérité. Est-ce qu'il t'a battue ?

MADAME, *extrêmement troublée.* — Jamais ! Ah çà, tu es fou ! Jamais ! Qui est-ce qui t'a raconté ça ?

JEAN. — Personne. Tant mieux. J'avais peur et ça me faisait quelque chose en moi... je ne peux pas t'exprimer.

MADAME, *le serrant contre elle.* — Es-tu nerveux... mon chéri ! Tu es bien le fils de ta mère !

JEAN, *avec ardeur.* — Oh ! oui, va ! Écoute encore ?... Même s'il était vieux qu'il aurait une grande barbe blanche, tu ne te raccommoderais pas avec lui ?

MADAME, *excédée.* — Laissons cela, mon mignon. D'abord s'il devient jamais comme tu dis, avec une barbe blanche, ce jour-là, je serai morte depuis longtemps, moi.

JEAN, *effrayé.* — Oh ! non.

MADAME, *qui sourit.* — Parce que je n'ai pas une de ces santés...

JEAN, *lui mettant la main sur la bouche.* — Tais-toi. Je m'en vais. (*Il se lève.*) Tu vois, tu me fais partir tout de suite.

MADAME. — Tu viendras m'embrasser avant de t'en aller ?

JEAN, *près de la porte.* — Oh ! oui ! Tu me croiras si tu veux, petite mère. Eh bien, ces dimanches-là, troisièmes du mois, ils ne me font ni plaisir, ni peine... rien. C'est du fade, comme du Purgatoire. (*Il met la main sur sa petite poitrine.*) Je sens qu'ils me restent là... un poids. Toute ma vie je me les rappellerai.

MADAME. — Moi aussi. (*L'enfant envoie un baiser et sort.*)

II

MONSIEUR.
JEAN.
LISA.

Chez monsieur. Avenue d'Antin. Deux heures et quart de l'après-midi. Lisa et Jean sont assis dans le salon.

LISA. — Attendons. Il ne peut plus tarder beaucoup.

JEAN, *qui regarde la pièce.* — Vous ne trouvez pas, Lisa ? Chez mon père, ça n'a pas l'air habité ?

Coup de timbre.

LISA. — Le voilà.

Le père entre. Une quarantaine d'années. Figure fine, expression distraite et légère. Assez élégant.

MONSIEUR, *allant à Jean.* — Excuse-moi, mon pauvre petit. (*Il l'embrasse sur le front.*) J'ai été retenu. Bonjour, Lisa.

LISA. — Bonjour, monsieur.

MONSIEUR. — Vous allez toujours bien, Lisa ?

LISA. — Toujours, monsieur. Merci. Je m'en vais. Je serai ici à cinq heures.

MONSIEUR. — Un peu avant, s'il vous plaît, Lisa, pour aujourd'hui ? Cinq heures moins le quart.

LISA, *raide.* — Ah ! monsieur ne profite pas jusqu'au bout ?...

MONSIEUR, *gêné.* — Je voudrais bien. Mais j'ai un rendez-vous d'affaires... une chose forcée. Ça tombe bien mal. Je suis désolé.

LE VOILA.

LISA, *froide.* — Bon, je serai là à cinq heures moins le quart.

MONSIEUR. — Moins vingt. (*Se reprenant.*) Ou moins le quart. Après tout, c'est le jour où j'ai mon fils... Mon petit Jean passe avant le reste. (*A Lisa.*) Eh bien, à cinq heures moins le quart, Lisa, mais bien précises ?

LISA. — Monsieur peut être tranquille.

Elle sort, sèche et digne.

MONSIEUR. — Ah ! nous voilà donc tous les deux, mon bonhomme ?

JEAN. — Mais oui.

MONSIEUR. — Tu m'aimes un peu ?

JEAN. — Mais oui.

MONSIEUR. — Dis-moi : mais oui, papa.

JEAN. — Oui, papa.

MONSIEUR. — Tu as l'air tout froid avec moi ? Tout drôle ?

JEAN. — Mais non.

MONSIEUR. — Tu ne me vois pourtant pas si souvent, mon Dieu !

JEAN. — C'est vrai !

MONSIEUR. — Chaque troisième dimanche du mois. Penses-tu un peu à ton petit père, le reste du temps ?

JEAN. — Ça dépend.

MONSIEUR. — De quoi ?

JEAN. — Quand mère m'en parle.

MONSIEUR. — Elle te parle de moi ?

JEAN. — Oui.

MONSIEUR. — Souvent ?

JEAN. — Non. Par-ci, par-là.

MONSIEUR. — Elle... t'en dit du mal ?

JEAN. — Non.

MONSIEUR. — Du bien.

JEAN. — Elle ne dit rien. Elle parle de vous, voilà tout, comme ça.

MONSIEUR. — De vous. Pourquoi ne me tutoies-tu pas ? Je te le demande toujours.

JEAN. — Je n'ai pas l'habitude. Ça ne me vient pas.

MONSIEUR. — Tâche que ça te vienne. Ça me ferait plaisir. Là. Nous allons aller nous promener. Nous irons où tu voudras. Dis où tu désires que je te conduise ? Je n'ai rien à te refuser.

JEAN. — Ça m'est égal.

MONSIEUR. — Puisque je t'offre... Ne crains pas de parler...

JEAN. — Je n'ai pas d'idée. Je vous remercie.

MONSIEUR. — Cherche bien. Je te consacre tout mon après-midi.

JEAN. — Vous êtes bien bon.

MONSIEUR. — Je ne suis pas bon. Je suis ton père. Où veux-tu aller ?

JEAN. — Où vous irez ! Vous devez bien avoir des courses...

MONSIEUR, *ébranlé.* — Sans doute. Parbleu ! j'en ai toujours ! C'est pas ça qui me manque ! Mais je les ferai plus tard, un autre jour. Demain. Tantôt c'est à toi, rien qu'à toi. Excepté une, cependant ? Rien qu'une toute petite. Cinq minutes. Pas davantage. Il faudra que je monte. Je te laisserai en bas dans la voiture. Tu resteras bien sagement ?

JEAN. — Mais oui. C'est ça. Faites donc vos courses.

MONSIEUR. — Non. Rien que celle-là. (*Un petit temps.*) Maintenant, dame, après tout, si ça t'amuse tant que ça, mes courses... en voiture, hein ? en victoria ?... Je ne demande pas mieux, moi je n'ai rien à te refuser. Ça t'amusera-t-il ? Voyons ?

JEAN. — Tout m'amuse.

MONSIEUR. — Eh bien ! alors, faisons nos courses ! Tu es gentil comme tout, tiens. (*Il l'embrasse.*) Il y a des moments où je regrette de ne pas t'avoir toujours avec moi, mon petit homme. Et toi ? (*Il ne répond pas.*) Tu ne dis rien ? Tu aimes mieux ta mère ? Je ne te le reproche pas. C'est dans l'ordre. Aime-la bien ta maman. Ce n'est pas moi qui... Ah ! Dieu non !... Tu viens ? Houp ! (*Ils sortent.*)

Dans la rue.

JEAN, *apercevant un mendiant qu'il désigne.* — Attendez que je donne deux sous...

MONSIEUR. — Mais non. Ne gaspille

donc pas... Et puis, nous en trouverons d'autres. Des bien plus beaux. (*L'enfant a donné tout de même ses deux sous.*) Ah ! que tu es bien le fils de ta mère, toi ! Dis ton goût : une Compagnie, ou une Urbaine ?

JEAN. — Ça m'est égal.

MONSIEUR. — Une Urbaine, alors? Hé ? C'est plus gai. Je suis pour qu'on soit gai, dans la vie, moi ! Et toi ?

JEAN. — Oui. Si on peut.

MONSIEUR. — On peut toujours. Faut le vouloir. Moi, je suis toujours gai.

JEAN. — Comment faites-vous?

MONSIEUR. — Je t'expliquerai ça quand tu seras grand, quand nous ferons la fête ensemble.

JEAN. — Quelle fête?

MONSIEUR, *qui s'aperçoit qu'il a dit une bêtise.* — Mais... des voyages... aller aux expositions... Tout ! Tu verras. Tu t'amuseras bien avec moi.

JEAN. — Je ne m'ennuie pas avec maman.

MONSIEUR. — Bien entendu. Ce n'est pas ce que je voulais dire. (*Appelant.*) Hep là ! chapeau blanc ! (*Un fiacre de l'Urbaine s'arrête.*) Monte, mon petit homme. (*Ils s'installent tous deux.*) Cocher, menez-nous... menez-nous 9, rue du Quatre-Septembre.

On roule.

JEAN. — Chez qui allons-nous?

MONSIEUR. — Un de mes amis qui est banquier. Tu ne connais pas. Je n'ai que deux mots à lui dire.

JEAN. — Vous êtes toujours occupé à la Bourse?

MONSIEUR. — Toujours. C'est ma vie.

JEAN. — C'est amusant?

MONSIEUR. — Certains jours. Moins certains autres.

JEAN. — Vous gagnez de l'argent?

MONSIEUR. — Pas mal.

JEAN. — Pour qui?

MONSIEUR. — Pour moi, tiens ! Cette question ! (*Se reprenant.*) Et puis, pour toi aussi, mon petit homme. Et puis, pour ta mère. Je suis trop heureux de pouvoir lui faire une pension. J'entends que tous les deux, elle et toi, vous ne manquiez de rien.

JEAN. — Oui. (*A ce moment passe un monsieur qui fait signe de la main.*)

MONSIEUR. — Cocher, arrêtez. (*A Jean.*) C'est un de mes amis.

L'AMI, *arrivant près de la voiture.* — Bonjour, mon cher.

MONSIEUR. — Bonjour, mon petit. Tu vois? Nous nous promenons.

L'AMI, *l'œil étonné sur Jean.* — Est-ce que...

MONSIEUR. — Parfaitement ! Mon fils.

L'AMI. — Oh ! je ne savais pas que tu avais un fils.

MONSIEUR. — Mais oui, mon cher.

L'AMI. — Il est déjà grand. Quel âge?

JEAN. — Dix ans.

MONSIEUR. — Ça ne vous rajeunit pas.

L'AMI. — Et, alors... vous prenez l'air?

MONSIEUR. — Nous prenons l'air. Et toi?

L'AMI. — Moi aussi. Ah ! tu es marié ? Tiens ! tiens !

MONSIEUR, *éludant.* — Oui. Tu as vu que l'Ouest-Algérien est resté hier à six cent quatre-vingts?

L'AMI. — Et la Tunisienne à cinq cent quatre.

MONSIEUR. — Ça boulotte. Au revoir, ami.

L'AMI. — Au revoir. Tu as de la chance, au moins, toi, d'avoir un fils. Moi, je voudrais bien en avoir un. Tu dois l'aimer beaucoup?

MONSIEUR. — Demande-lui ! Allons, je te quitte. Adieu, ami.

L'AMI. — Merci, ami.

MONSIEUR. — Roulez, cocher. (*On roule. — A son fils.*) Il est charmant, n'est-ce pas? C'est un très gentil garçon. Je le vois souvent à la Bourse.

JEAN. — Comment s'appelle-t-il?

MONSIEUR. — Je l'ai sur le bout de la langue. Je ne peux pas retrouver son nom. (*Il cherche.*) Ta... Ra... Ça me reviendra.

Passe en voiture découverte une jeune personne très élégante et voyante. Monsieur salue. Elle incline une agréable tête empanachée et sourit.

JEAN. — Qui c'est-il que tu as salué?

MONSIEUR. — Elle est jolie, n'est-ce pas? C'est une personne. Une amie. Tu ne connais pas. Une amie d'un de mes amis.

JEAN. — Comment s'appelle-t-elle?

MONSIEUR. — Ça ne t'avancera à rien. Madame de Garches.

JEAN. — Ah! alors, c'est une noble?

MONSIEUR, *qui réprime un sourire.* — Oui. As-tu faim? Veux-tu goûter?

JEAN. — Comme vous voudrez. (*La voiture s'arrête rue du Quatre-Septembre.*)

MONSIEUR. — Eh bien, tâte-toi, pendant que je monte dire deux mots à mon ami. Je n'en ai que pour une minute. Sois sage dans la voiture. (*Au cocher.*) Cocher, je vous recommande... comme la prunelle...

LE COCHER, *à trogne rouge.* — Pas peur... patron!

MONSIEUR, *rassuré.* — C'est ça. Soyez bien raisonnables, là, tous les deux. Je reviens dans la seconde et, après, nous irons manger des gâteaux. Beaucoup de gâteaux! (*Il part prestement.*)

UNE GROSSE DAME EN PEIGNOIR OBSERVE LA VOITURE.

L'enfant attend. Cinq minutes. Le cocher le regarde, il regarde le cocher. Le cocher hoche sa vieille tête, soupire et regarde en l'air la belle maison devant laquelle on stationne. L'enfant suit machinalement le regard du cocher. Au troisième étage de la belle maison, une grosse dame en peignoir, avec des cheveux à reflets de cuivre rouge, est pen-

chée et observe la voiture. Quand elle voit que le cocher et l'enfant lèvent la tête, elle se retire vivement et ferme la fenêtre. Le cocher, qui doit penser tout haut, grogne : « C'est-il pas malheureux ! » L'enfant se dit : « Qu'est-ce qu'il a ? Il a bu un petit coup. » Le cocher s'arcboute sur son siège et se met en posture de dormir. L'enfant attend, rêve et prend patience. Et cela dure ainsi dix, vingt, trente minutes... Et, soudain, monsieur reparaît, agile, splendide d'inconscience épanouie. Il fond sur l'enfant et l'embrasse comme du pain. Le cocher se secoue.

MONSIEUR. — Pauvre petit homme ! Je t'ai fait attendre. Je suis désolé ! Ça n'est pas de ma faute, tu sais ! Embrasse-moi encore pour que je sois sûr que tu ne m'en veux pas. Mieux que ça !

L'ENFANT *l'embrasse.* — Vous sentez bon.

MONSIEUR. — Moi?

JEAN. — On dirait que vous avez de l'odeur?

MONSIEUR. — C'est une idée que tu te fais. (*Au cocher.*) Eh bien ! nous allons... Nous allons maintenant... (*Il tire sa montre.*) Bigre ! Quatre heures ! Déjà ! (*A Jean.*) Comme le temps passe avec toi, mon chéri ! Nous n'avons plus les moyens de flâner. Nous allons passer chez Lucien, le pâtissier, là, sur le boulevard. Et puis, après, dame, nous rentrerons. Cocher !... Lucien... Vous savez !

Le cocher fait : « oui » de la tête et touche. On roule.

JEAN. — Je n'ai pas très faim.

MONSIEUR. — Si, si. Je veux que tu goûtes. En voilà une plaisanterie ! Je t'ai dit que je te ferais goûter, tu goûteras.

JEAN. — Comme vous voudrez.

MONSIEUR, *lui tapant sur le genou.* — Ça t'amuse, hein, la voiture, polisson?

JEAN. — Oui.

MONSIEUR, *qui a un scrupule.* — Pas comme tout à l'heure, par exemple, mon pauvre petit? Ça t'a paru long, n'est-ce pas? Avoue-le?

JEAN, *naïf.* — Oh ! non. J'ai pensé tout le temps à petite mère.

La voiture s'arrête.

MONSIEUR. — Tant mieux, en ce cas. Eh bien, descends, nous voilà rendus. As-tu déjà un peu plus d'appétit?

JEAN. — Guère.

MONSIEUR. — Ça va venir. Moi, je goûterai avec toi, pour te faire plaisir. Je suis gentil? Et puis, j'ai une faim de loup.

Chez le pâtissier.

MONSIEUR. — Choisis, mon petit homme.

JEAN. — Je voudrais tout simplement un croissant. Un chaud.

MONSIEUR. — Tu es fou ! Tu ne vas pas prendre un croissant. (*Il prend et mange une tarte aux cerises.*) Il n'y a pas de croissants ici. C'est chez le pâtissier que je te mène, chez un grand pâtissier. Nous ne sommes pas dans une boulangerie. Tiens, puisque tu ne sais pas. (*Il prend et mange un éclair au chocolat.*) Je vais choisir pour toi. (*Appelant.*) Mademoiselle... s'il vous plaît. (*Il désigne.*) Ces deux-ci, ces deux-là, ces deux autres, et puis trois de ceux-ci.

JEAN, *ahuri.* — Mais c'est trop... jamais... jamais.

MONSIEUR. — Laisse-moi, mon trésor. Je sais ce que je fais. — As-tu soif?

JEAN. — Oui. Un peu.

MONSIEUR. — Ah ! à la bonne heure !

JEAN. — Je veux bien un peu d'eau.

MONSIEUR. — De l'... Tu vas me faire le plaisir de prendre un porto avec ton père! Mademoiselle, deux porto, du blanc.

LA DEMOISELLE. — Nous n'en avons que du rouge.

MONSIEUR, *choqué.* — Pas de blanc, une maison comme la vôtre?

LA DEMOISELLE. — Si, mais pas au détail.

MONSIEUR. — Une bouteille de porto blanc alors... J'achète la bouteille. Nous disons les gâteaux, le vin... Ça nous fait?

LA DEMOISELLE. — Neuf francs quatre-vingts. C'est pour emporter?

MONSIEUR, *il paye.* — Oui, enveloppez. (*A Jean, atterré.*) Vois-tu, mon petit homme, tu vas prendre ça sur tes genoux dans la voiture, avec le bon vin, parce que je suis pressé. Et puis, ce soir, tu les mangeras à ton dessert, avec ta mère, en lui racontant ta bonne journée, comme tu t'es bien amusé! (*Ils sont près de la voiture. Monsieur tient le paquet.*)

JEAN. — Oui.

MONSIEUR. — Monte, mon gros. (*Il lui met le paquet sur les genoux.*) Tiens-le bien, que ça ne tombe pas. Neuf francs quatre-vingts que tu me coûtes encore, sacripant! Cocher, nous allons 6, avenue d'Antin, et au trot. (*On roule.*) J'espère que tu vas en avoir à dire à ta maman! (*Il tire sa montre.*) Cinq heures moins le quart! Je serai en retard! Sac à papier! Il faut que je m'habille et que je prenne le train, pour aller dîner à Louveciennes avec des amis... Ah! les enfants! Enfin, voilà encore un dimanche de sortie de passé, mon petit homme. Je ne te verrai plus que dans un mois. Je tâcherai de t'amuser encore plus les fois prochaines.

JEAN. — Faudra-t-il que je dise quelque chose à maman de votre part?

MONSIEUR. — Oui, tu lui diras... que... que je t'ai trouvé très bonne mine. (*La voiture s'arrête.*) Descends vite. (*En sautant.*) Cocher, je vous garde.

EN SE TENANT PAR LA MAIN

FOUILLEAU, fantassin, 21 ans. VICTOIRE, bonne, 20 ans.

Fouilleau est accoudé sur le parapet du pont de l'Alma. Il attend. Victoire arrive essoufflée.

FOUILLEAU. — Vous v'là donc?

VICTOIRE. — Et vous?

FOUILLEAU. — Moi de même. Ça profite-t-il comme vous vouliez?

VICTOIRE. — Guère.

FOUILLEAU. — La cause?

VICTOIRE. — Nous avons ben le temps.

FOUILLEAU. — Oui... (*Admiratif.*) Mais dites donc... en v'là de la toilette et du fourbi!

VICTOIRE. — Sommes-nous pas dimanche?

FOUILLEAU. — Et que c'est pas trop tôt! Cré bon Dieu de d'là! Enfin, vous êtes comme pour passer à la revue, quoi! mais, avec tout ça, on ne s'est point touché la main.

VICTOIRE. — A votre contentement. (*Elle lui tend la main, il la prend et la garde.*)

FOUILLEAU. — Et pis, si qu'on marcherait?

VICTOIRE. — Allons.

Ils arrivent près d'un escalier qui mène à la berge.

FOUILLEAU. — Voulez-vous point qu'on descende le long de l'eau?

VICTOIRE. — Je demande pas mieux.

FOUILLEAU. — Y a les bateaux. C'est plus gentil. Et pis on ne sera point dérangé. Mam'zelle Victoire, je suis ben aise d'être de votre compagnie. Et pis que ça ne passera point. On se connait pas de ce tantôt. On est pays. On s'a

AYEZ PAS DE CRAINTE.

retrouvé dans ce grand cochon de Paris quasi comme par miraque, quoi ! Y a du soleil, pas d'mauvais vent, vous êtes là tout proche à l'alignement. Ah ! on est ben heureux !

VICTOIRE, *triste.* — Faudrait seulement que ça durerait.

FOUILLEAU. — Ne vous faites point tourment. Et dites ce qu'y a.

VICTOIRE. — Eh ben, y a que mon maître où je suis, mon patron, y veut...

FOUILLEAU. — Y veut son plaisir avec?

VICTOIRE. — Y veut.

FOUILLEAU. — Ah ben ! cré bon de d'là. Quel néant! Mais c'est donc rien de rien, que c't oiseau-là? Quoi qu'il fait? Quoi qu'il vend, ce pierrot d'malheur?

VICTOIRE. — L'a été quincaillier, dans les temps.

FOUILLEAU. — C'est-il pas des pelles et pincettes ?

VICTOIRE. — Oui.

FOUILLEAU. — Mais a-t-il point d'épouse ?

VICTOIRE. — L'en a une.

FOUILLEAU. — Belle?

VICTOIRE. — Dame, non.

FOUILLEAU. — Point avenante? Point grosse?

VICTOIRE. — Guère.

FOUILLEAU. — Alors, l'aime mieux sa bonne! Ah ben! mais i' n'faut point lui passer ça, mam'zelle Victoire. Dame non ! Ah mais, non !

VICTOIRE. — Ayez pas de crainte.

FOUILLEAU. — C'est que j'en ai, dame oui, au contraire! J'en ai pus que j'n'en voudrais! Ah! ne faites point de trafic, là, mam'zelle Victoire. Pensez que ça serait guère propre. On ne s'a jamais touché que la main, pour la chose là de la modestie, on n'a été jusqu'ici ensemble comme un liv' de messe... frère et sœur... et pis jamais un vilain jeu dans le bois... pace qu'on s'attend, que c'est convenu, pour tâcher d'avoir une cantine, et pis permission de se marier, alors, dame, une fois la permission de c'te cantine, on ne se privera plus. Mais, d'ici ce temps-là, faut point que vot' patron...

VICTOIRE. — J'y dirai, Fouilleau.

FOUILLEAU. — Suffit point d'y dire. Faut pas y faire.

VICTOIRE. — J'y ferai point, mon petit Fouilleau.

FOUILLEAU. — Vous m'le jurai?

VICTOIRE. — Su grand-mè.

FOUILLEAU. — Ça me suffit point. Crache avec moi. (*Elle crache. Il étend la main.*) Prête au bon Dieu.

VICTOIRE. — J'y prête.

FOUILLEAU. — A c't'heure, c'est sacré. Me v'là plus limpide.

Un temps.

VICTOIRE. — Ça sera-t-il ben long pour l'avoir?

FOUILLEAU. — Quoi donc !

VICTOIRE. — C'te cantine?

FOUILLEAU. — A vous miroite?

VICTOIRE. — Dame !

FOUILLEAU. — On n'peut pas savoir. Des fois, ça peut être dans une couple de mois, des fois un an.

VICTOIRE. — Qué malheur !

FOUILLEAU. — Vous êtes ben impatiente qu'on serait mame Fouilleau?

VICTOIRE. — Oui. Mais c'est point surtout ça.

FOUILLEAU. — Quoi donc core?

VICTOIRE. — C'est que mon maître espérera jamais un an. Je pourrai point le reculer d'autant.

FOUILLEAU. — L'est donc ben ardent ce goret?

VICTOIRE. — Que oui.

FOUILLEAU. — Savez-vous-ti point une chose, mam'zelle Victoire? C'est que c'est pas le désir qui me prive d'aller y boucler ma main sur la poume, à vot' maître?

VICTOIRE. — Faites pas ça.

FOUILLEAU. — Pourquoi donc pas? C'est qu'l'en est digne!

VICTOIRE. — Ben? Et ma place?

FOUILLEAU. — Y en a d'aut'! V's'irez chez des patrons qui n'sont point joueurs. Doit ben s'en trouver?

VICTOIRE. — Guère.

FOUILLEAU. — Tout de même si!

VICTOIRE. — N'empêche pas, quand on a une place, qu'il faut la garder. On sait ben ce qu'on quitte, on n'sait pas ce qu'on trouve. J'suis ben payée, ben nourrie...

FOUILLEAU. — J'vous entends. Mais dame aussi, cré bon d'artichaut, mam'-zelle Victoire, v's êtes ma promise. C'est-i que vous l'êtes, ou ben l'êtes-vous point ?

VICTOIRE. — Ben sûr que j'le suis, Fouilleau!

FOUILLEAU. — Tant mieux, donc! Vous m'êtes bien précieuse, mamz'elle Victoire! V'là pourquoi j'ai du souci, rapport à ça, que je vois qu'avec tout vot' bon courage, vous ne pourrez point y échapper. Ben sûr, faudra qu'un jour... Et pis, dame, une fois que le mal est faite, elle est bien faite! Y aura-t-un dimanche de semaine comme ça d'à venir que v's arriverez toute benoîte, et pis qu'vous m'direz : « Mon pauv' Fouilleau! » Et pis, moi, ce jour-là, je serai couillon! J'veux point de ça! Quèque vous dites ? (*Silence.*) Vous dites rien ? C'est donc que j'dis pu vrai que je n'croyais. Qué malheur! Qué malheur! Qué saligand de ville! Bon sang de néant! (*Résolu.*) Ben alors, en ce cas, si ça doit être... que ça soye nous deux d'abord, mam'zelle Victoire! Autrement y a pas de justice. Tant qu'alors, vaut mieux que ça soye Fouilleau qu'en aye l'étrenne. Qué qu'vous dites ?

VICTOIRE. — Je dis qu'je n'dis point non.

FOUILLEAU. — V'là qu'est parler!

VICTOIRE. — Mais je n'dis point oui. Nous avons ben le temps, mon Fouilleau, va! Y a pas core trop de danger. Quand on n'aura pus le temps...

FOUILLEAU. — Vous m'le direz ?

VICTOIRE. — Ben sûr!

FOUILLEAU. — Vous m'le jurai ?

VICTOIRE. — Su' grand'mê.

FOUILLEAU. — Me v'là limpide. Parlons pas de ça. Parlons que du bon. J'ai reçu un papier.

VICTOIRE. — D'chez nous ?

FOUILLEAU. — Oui. C'est toujours de même.

VICTOIRE. — Qui c'est-il qu'...

FOUILLEAU. — Mon frè Cyrille, qu'a pris la plume. La mère a toujours son mal. C'est les boyaux que ça y travaille... Et pis qu'a se plaint, qu'a n'dort pas de ses deux yeux. (*Un silence.*) Ça sera rien. Alle est solide, pis qu'un sureau. J'serai tout d'même ben aise d'la baiser dans deux ans.

VICTOIRE. — Ça y sera dans ce temps-là ?

FOUILLEAU. — Quoi donc ?

VICTOIRE. — La cantine.

FOUILLEAU. — A t'miroite vraiment! Bon Dieu qu'a t'miroite! Et pis quoi encore qui dit Cyrille ? On a eu ben du souci pour la volaille. Y a le feu du ciel qu'a foutu le grand chêne à maît' Cyrus. Un chêne qu'était antique... qu'avait peut-être bien... Et pis l'père Brûlant qu'est crévé.

VICTOIRE. — L'est crévé, le père Brûlant ? Le père Brûlant, le sonneur ?

FOUILLEAU. — L'est crévé. Ça y a pris d'un coup. Les sangs.

VICTOIRE. — C'est li q'e m'a sonné quand je suis venue en ce monde.

FOUILLEAU. — Et moi. Sonnait ben.

VICTOIRE. — V'là tout, comme nouvelles ?

FOUILLEAU. — J'crois ben qu'oui.

VICTOIRE. — Cyrille parle point d'mon pê ?

FOUILLEAU. — Si. Ah si !

VICTOIRE. — Quoi qu'il en dit ?

FOUILLEAU. — Qu'i n'désoûle point.

VICTOIRE. — Sacré pê ! J'suis ben aise !

FOUILLEAU. — Moi de même, allez ! Les bateaux qu'font la fumée, l'eau qui coule. Et l'petit moineau su' l'crottin... Nous deux qui sont là... avec nos cœurs... Dommage que l'dimanche ça ne dure qu'un jour ! Parce que, l'dimanche, c'est quéqu'chose d'à part, un jour spécial... Un jour... comme qui dirait l'colonel de la semaine, quoi !

MATINÉE

Théâtre-Français. On joue *la Fille de Roland*. — Entr'acte.

I

ORCHESTRE

PAUL, Saint-Cyrien. LOUIS, Saint-Cyrien.

PAUL. — C'est très chic. Ça me botte, cette pièce-là !

LOUIS. — Pièce militaire !

PAUL, *qui regarde autour de lui*. — Nous sommes beaucoup de l'École. Un vrai peloton. Moi, je ne m'embête pas. T'as pas dû t'amuser autant que moi ?

LOUIS. — Si, mais...

PAUL. — Mais quoi ?

LOUIS. — Je t'avoue que j'avais envie d'aller aux Ambassadeurs.

PAUL. — Entendre des idioties ?

LOUIS. — Je te dis pas. Mais c'est qu'y en a une petite qui s'appelle Pervenche et qui a des bas noirs... et puis avec des jambes dedans... Nom d'une gargousse d'ail !

PAUL. — Pas besoin d'aller aux Ambassadeurs pour ça. Y a un petit page, tout à l'heure, au premier acte... T'as pas remarqué ? Un page d'attaque.

LOUIS. — Si, à la scène du Jeu des Vertus ?

PAUL. — En plein. Eh bien, j'y ferais sa partie, à ce petit page, s'i volé joer avec moi. Et pas aux vertus ?

LOUIS. — Moi aussi, parbleu ! je lui ferais bien une brimade.

PAUL. — Mais pourquoi n'as-tu pas été, en somme, au café-concert, puisque ça t'excitait ?

LOUIS. — Bonne-maman. Elle n'a pas voulu. J'ai eu le malheur de dire ça devant elle, à déjeuner. Elle m'a entrepris. « Ne va donc pas dans ces endroits-là. Si un de tes chefs t'y voyait ! »

PAUL. — Oh ben !

LOUIS. — C'est ce que je lui ai dit : « Mais ils y vont, bonne-maman ! » Elle n'a rien voulu entendre. Et elle m'a proposé la *Fille de Roland*. « J'aime mieux te payer ta place, vilain laid. » Et elle m'a collé un louis.

PAUL. — Je comprends que n'y avait pas d'hésitase à avoir.

LOUIS. — Dame oui ! Le militaire n'est pas riche. Et puis, en dehors de ça. Tu la connais cette pauvre bonne-maman ? Tu sais comme elle est gentille ? J'ai pas voulu lui faire de tabac. Alors, comme elle voulait la femme à Roland.

PAUL. — La fille.

LOUIS. — C'est la même chose. Je lui ai obéi. La discipline faisant la force principale des armées... A propos de tabac, si on allait dehors en griller une sous les colonnes.

PAUL. — Ça se peut. File indienne.

(*Ils se lèvent pour sortir du rang. La main au shako en dérangeant les bons vieux messieurs qui sont avec des petits garçons en grand col.*)

UNE VOIX GRASSE.— L'entr'act !... La pièce...

II

PREMIÈRE LOGE

LE PÈRE. LA TANTE.
JEANNE, 15 ans. PAULINE, 13 ans.

LE PÈRE. — Ça vous amuse ?

JEANNE. — Oh ! oui.

PAULINE. — On est folle.

JEANNE. — Pensez, papa? La première fois que vous nous menez au théâtre ? Et aux Français !

PAULINE. — Quel âge est-ce que vous aviez quand vous y avez été, vous, pour la première fois ?

LE PÈRE. — Deux ans.

PAULINE. — Deux ans !

JEANNE. — Vous ne pouviez pas comprendre.

LE PÈRE. — Je vous demande pardon, mesdemoiselles.

JEANNE. — A quel théâtre ?

LE PÈRE. — A Guignol.

JEANNE. — Oh !

PAULINE. — Vous vous moquez de nous.

LE PÈRE. — J'en ai peur.

PAULINE. — Vous nous y mènerez souvent, dites, maintenant ?

LE PÈRE. — Nous verrons ça, si vous êtes sages, et si vous ne touchez pas aux allumettes.

JEANNE. — A l'Opéra-Comique ? Je voudrais voir la *Fille du Régiment.*

PAULINE. — A l'Opéra, moi. Entendre du Wagner.

LE PÈRE. — Du Wagner ? Voyez-vous ? Il n'y a plus de petites demoiselles, ma parole !

LE PÈRE. — Tous les deux.

JEANNE. — Oh ! vous ne voulez pas répondre.

LE PÈRE. — Je ne peux pas. C'est comme si tu me demandais ce que je

VOUS NOUS Y MÈNEREZ SOUVENT...

PAULINE. — Qu'est-ce qui est le premier pour vous, papa, Wagner ou Auber ?

LE PÈRE. — Ça ne peut pas se comparer, mon petit chat.

JEANNE. — Lequel vous préférez ?

préfère : la prose ou les vers. J'aime les deux ; que veux-tu que je te dise ?

JEANNE. — Moi, j'aime mieux les vers.

LE PÈRE. — Pourquoi ?

JEANNE. — Je ne sais pas. Parce que ça me transporte... et puis que ça me fait oublier où je suis. (*A la tante.*) Eh bien, et toi, petite tante, tu dis rien du tout ?

LA TANTE. — Moi, ça m'est égal, mes minettes. Pourvu que vous vous amusiez...

PAULINE. — Tu ne t'amuses donc pas, toi ?

LA TANTE, *froide.* — Énormément.

LE PÈRE. — Votre tante, vous savez... les drames en vers... ça n'est guère son affaire.

JEANNE. — Oui. (*A sa tante.*) Tu aimes mieux être chez toi, à Poitiers, dans ta petite maison, derrière Blossac ?

LA TANTE, *affirmative.* — J'aime bien ma petite maison, effectivement. A chaque voyage que je fais à Paris, au bout seulement de quarante-huit heures, je la regrette.

PAULINE. — Tes rosiers sont toujours beaux ?

LA TANTE. — Ah ! ah ! (*Elle lève les bras.*)

JEANNE. — Ils grandissent ?

LA TANTE. — A vue d'œil.

JEANNE. — Tes petites Richardson, qui sont jaunes comme de l'or ?

PAULINE. — Tes Madame-Bérard ?

LE PÈRE. — Le fait est que votre tante a des roses à part !

LA TANTE. — Tout ça est magnifique... Vous viendrez les voir, cet été ?

PAULINE. — Bien sûr.

LA TANTE. — Faudrait venir à la Pentecôte, pour la première floraison.

JEANNE. — Malheureusement, on ne peut pas à cause du couvent. Les vacances ne sont qu'en août.

PAULINE. — Pauvre tante ! Tu t'ennuies bien ici, en attendant ? T'aimerais mieux être dans ton jardin avec ton tablier à trois poches que je t'ai fait : une poche pour ton sécateur, une pour ton mouchoir, une pour les feuilles mortes et les fleurs fanées ?

LA TANTE. — Mais non, je ne m'ennuie pas. Je ne suis pas une idiote. Ça me paraît très beau cette pièce-là... Seulement, c'est que je suis déjà toute sourde, vous savez ? Je n'entends presque rien.

JEANNE. — Tu exagères. Tu entends très bien quand tu veux.

LA TANTE. — Mais non. Et la preuve, tenez, c'est que, l'autre jour, j'étais dans ma chambre. Bon ! Votre père fait tomber la pincette...

On frappe les trois coups.

JEANNE. — Tais-toi, tais-toi...

LA TANTE. — La pincette, en rebondissant...

PAULINE. — Voilà que ça commence ! Je suis heureuse, je nage ! Ah ! je voudrais que ça ait vingt actes !

LA TANTE. — Calme-toi, voyons. Du calme.

JEANNE. — Chut ! Écoute. Écoute.

LA TANTE. — Puisque je n'entends rien !

LE PÈRE, *conciliant.* — Écoute tout de même, Aglaé. On te racontera.

Le rideau monte, monte. Les yeux des petites s'ouvrent, s'ouvrent.

III

TROISIÈME LOGE DE COTÉ

M. CORPEAU.
MADAME CORPEAU.
LUCIEN, 6 ans.
UNE AMIE.

MADAME CORPEAU. — On ne mènera plus cet enfant au spectacle. Il dort tout le temps.

M. CORPEAU. — Oui. On n'y va que pour lui. Et il dort.

MADAME CORPEAU. — Voilà le remerciement ! (*A Lucien.*) Tu entends ?

Lucien? (*L'enfant, appesanti, ouvre un œil mort, et sa tête retombe.*) C'est la dernière fois qu'on t'amuse. On te laissera à la maison les autres dimanches.

M. CORPEAU. — Tenez! le voilà reparti! Un garnement qui devrait nous être reconnaissant. Veux-tu t'éveiller? Veux-tu? Oh! que tu es laid quand tu dors!

L'AMIE. — Laissez-le. Ça lui fait peut-être du bien. Les enfants, vous savez? ça a besoin de sommeil. Moi, quand j'étais petite fille... mes parents étaient fruitiers rue du Bac, eh bien, fallait que je dorme... ah! fallait. Vous m'auriez plutôt tuée... fallait. Je ronflais dans la boutique.

MADAME CORPEAU. — Mais vous ne dormiez pas au spectacle?

L'AMIE. — Dame! non.

M. CORPEAU. — Ah!

L'AMIE. — On ne m'y menait pas. On n'était pas assez riche. Non, je n'y ai été qu'une fois grande, le soir de ma première communion.

MADAME CORPEAU. — Qu'est-ce que c'était?

L'AMIE. — La *Prise de Pékin*.

M. CORPEAU. — Ici?

L'AMIE. — Non. Pas ici. A l'Ambigu.

MADAME CORPEAU. — C'était gentil?

L'AMIE. — Oui. Y avait un songe... Un soldat qui avait un songe. Et puis, pendant le songe, comme ça, c'était des grandes fleurs dans une forêt qui s'ouvraient, et des femmes en jambes nues de la danse qui sortaient de là-dedans, comme d'un œuf de Pâques, en faisant chut avec un doigt, et puis qui dansaient. C'était joli! oh! mais joli! Ça valait la peine, vous savez?

M. CORPEAU, *à sa femme.* — Faudra que nous allions à ça, si on le joue. Guette dans le journal.

L'AMIE. — Ah! je vous le conseille! Y a aussi un Anglais qu'on lui fait un tas de supplices! Enfin, c'est bien, bien gentil!

MADAME CORPEAU. — Monsieur Corpeau et moi nous adorons le théâtre. Tous les dimanches, nous y allons. Le matin et le soir, quand nous pouvons.

L'AMIE. — Le soir aussi?

MADAME CORPEAU. — Aussi. Ainsi, ce soir...

L'AMIE. — Ça ne vous fatigue pas?

MADAME CORPEAU. — Pas du tout. Ainsi ce soir...

L'AMIE. — Mais, le soir, vous n'emmenez pas l'enfant, je suppose?

MADAME CORPEAU. — Mais si.

L'AMIE. — Vous avez tort, tout de même.

MADAME CORPEAU. — Bien sûr qu'il ne le mérite pas! Mais nous sommes trop faibles avec lui. On le prend tout de même dans la loge. Ainsi ce s...

L'AMIE. — C'est pour le coup qu'il doit dormir, le pauvre petit?

MADAME CORPEAU. — Oh! mais, quand ça prend trop de proportions, à la fin, on le réveille. Son père le pince.

L'AMIE. — Oh!

M. CORPEAU. — Tout doucement, pour rire. On ne lui fait pas de mal.

MADAME CORPEAU. — Ainsi, ce soir... nous allons au Gymnase.

L'AMIE. — Qu'est-ce que c'est?

MADAME CORPEAU. — Les *Demi-Vierges*. Nous avons beaucoup de nos clients qui nous en ont parlé. Monsieur Corpeau chausse une dame qui y a été trois fois. A propos, est-ce que monsieur Corpeau vous a dit qu'il avait trouvé un nouveau talon, un charmant modèle? Le Mutin. C'est moi qui l'ai baptisé. Toutes ces dames, nos grandes pratiques, ne veulent plus avoir à leurs chaussures que des Mutins. Monsieur Corpeau s'est conquis petit à petit dans la bottine de luxe une place tout à fait conséquente.

L'AMIE. — Oui. Vous devez être bien heureuse ?

MADAME CORPEAU. — On est fière surtout parce que ça n'a pas été sans peine. (*A son mari.*) N'est-ce pas, petit père ? Mais, fais attention à Lucien. Il va tomber dans le parterre.

M. CORPEAU. — N'aie pas peur. J'y ai l'œil. A propos, regarde donc sur le programme.

MADAME CORPEAU. — Quoi ? Qu'est-ce que tu veux voir ?

M. CORPEAU. — Le nom du monsieur qui a fait la comédie.

MADAME CORPEAU. — La fille à Roland ?

M. CORPEAU. — Oui.

MADAME CORPEAU, *elle regarde et lit.* — Vicomte Henri de Bornier.

LE NOM DU MONSIEUR QUI A FAIT LA COMÉDIE ?

M. CORPEAU. — Peste ! un vicomte ! (*Se fixant dans la mémoire.*) De Bornier... tu dis ? Bor...nier.

MADAME CORPEAU. — Oui. Pourquoi ?

M. CORPEAU, *qui a une idée.* — Pour me rappeler, ce soir... et regarder si c'est pas le même qui a composé les *Demi-Vierges.*

MADAME CORPEAU, *intéressée.* — Tiens,

oui. C'est vrai, nous regarderons. (*A l'amie.*) Venez-vous ce soir avec nous ?

L'AMIE. — Non. Deux fois dans la même journée !

MADAME CORPEAU. — Nous vous invitons à dîner. Chez Marguery. C'est de bon cœur. Monsieur Corpeau chausse monsieur Marguery. Non ? Vous ne voulez pas ? Vous n'aimez pas le théâtre, alors ? Nous, c'est de l'idolation ! Pensez aussi, quand on est sur son chevreau toute la semaine... on peut bien, le dimanche...

On tape.

M. CORPEAU. — Ah ! c'est ce tableau-ci qu'on va voir Charlemagne.

Le rideau se lève.

MADAME CORPEAU, *qui secoue l'enfant.* — Lucien, Lucien... R'garde les beaux polichinelles, mon mignon. (*Il dort.*) Oh ! je t'en fiche !

IV

AU PARADIS

LA MAMAN.
LA PETITE FILLE.

LA MAMAN. — Là où que je montre avec mon doigt, Julia ? Tu vois bien celui-là qu'a un costume en fer et puis un grand sabre ?

LA PETITE FILLE. — Oui. J'le reconnais. Papa. C'est papa !

LA MAMAN. — Chut !

LA PETITE FILLE. — Pourquoi qu'il s'habille en carnaval ?

LA MAMAN. — Pour qu'on aye à souper, ma bique.

LA PERMISSION

LE CAPITAINE. VARON, conscrit.

La cour de la caserne est déserte sous un grand soleil. Au beau milieu, le capitaine, un bon gros père, tout rouge. Varon traverse la cour en hâte et arrive près de lui.

LE CAPITAINE. — Ah ! vous voilà, Varon ?

VARON. — Oui, mon capitaine.

LE CAPITAINE. — Je vous ai fait demander, Varon, parce que je ne suis pas content de vous. (*Étonnement respectueux et muet de Varon.*) C'est-à-dire que je suis enchanté de vous, enchanté, sacrebleu ! vous êtes le meilleur soldat de ma compagnie.

VARON. — Mon capitaine..

LE CAPITAINE. — Me coupez pas. Le meilleur. Vous êtes propre... vous êtes des rares qui se lavent, et à fond, les deux pieds ! Vous savez vot' théorie sur le bout du doigt... vos armes sont tenues comme des pièces d'état-major... vous êtes un modèle et je vous propose à tous en exemple. Je vous fais là, sacrebleu, des compliments gros comme ma cuisse, que j'ai pas pour habitude de faire, non ! Mais vous, c'est particulier. Seulement, en même temps que tout ça, je suis pas content de vous.

VARON. — Mais... mon...

LE CAPITAINE. — Pourquoi ? Je vais vous le dire. Je vous ai fait donner les galons de premier soldat, vous allez passer caporal dans quinze jours. Vous serez sergent quand vous voudrez, si vous continuez. Tout ça c'est très gentil. Mais il y a une chose qui me chiffonne, et depuis longtemps, et qu'est pas naturelle, sacrebleu ! Vous ne devinez pas ?

VARON. — Non, mon capitaine.

LE CAPITAINE. — Eh bien, c'est que vous ne demandez jamais de permission le dimanche, sacrebleu !

VARON. — Moi ?

LE CAPITAINE. — Oui, vous, nom d'une quille ! Je voudrais vous en donner. Vous êtes le seul qui les méritiez ! M'en demandez pas ! Mettez-vous à ma place ? De quoi est-ce que j'ai l'air, moi, vot' supérieur ? Va falloir maintenant que ça soye moi qui me mette à votre disposition ? C'est un peu fort ! Enfin, je l'fais tout de même, parce que j'pense que vous êtes tout neuf, que c'est votre première année, que vous êtes timide et que vous n'osez peut-être pas ? Faut oser, mon vieux.

VARON. — Mon capitaine...

LE CAPITAINE. — Ça suffit. Je vous donne la journée.

VARON. — Mon capitaine...

LE CAPITAINE. — Quoi ? Ah ! La journée avec la nuit, bien entendu !

VARON. — Mon capit...

LE CAPITAINE. — Ça n'est pas encore assez ? Ah çà, mais dites donc, Varon ? Il me semble que vous avez de l'appétit ? Qu'est-ce qu'il y a donc ? C'est donc une grosse permission, alors...

VARON. — Non, mon capitaine.

LE CAPITAINE. — Non ? Eh bien ! en ce cas...

VARON. — Aucune, mon capitaine, aucune. Je ne demande rien.

LE CAPITAINE. — Mais moi je vous offre.

VARON. — Merci, mon capitaine. Vous êtes bien bon.

LE CAPITAINE. — Vous refusez ?

VARON. — Oui, mon capitaine.

LE CAPITAINE, *furieux*. — Tu refuses, espèce de pierrot ? Ah çà ! est-ce que tu te f... de moi ?

VARON. — Non, mon capitaine.

LE CAPITAINE. — Regarde ma fiole ; non, mais regarde-la bien ! La regardes-tu ?

VARON. — Je la regarde, mon capitaine.

LE CAPITAINE. — Écoute-la à présent. Sais-tu ce que je commence à croire ? dis ?

VARON. — Non, mon capitaine.

LE CAPITAINE. — C'est que je m'apprête à revenir sur ton compte. Et qu'avec toutes tes qualités... tu n'es peut-être qu'un faux bon sujet ?... Ah mais ! parfaitement, un simulateur ? Sale simulateur, nom d'une quille !

VARON. — Moi, mon cap...

LE CAPITAINE. — Me coupe pas. Oui, t'as beau bien te conduire, je sens que t'as pas l'esprit de corps... l'amour de l'armée ? C'est une famille, l'armée ! Suffit pas d'être irréprochable... faut l'aimer, et puis être fier d'en faire partie, sacrebleu ! Avoir l'air gai-z-et-content. Or, je me rappelle qu'on ne te voit jamais fricoter avec tes camarades... tu ne vas pas à la cantine... tu ne jures point... jamais de salle de police... tu ne ris pas souvent... tu ne te saoules pas... tu ne chantes pas les chansons de route... t'es tout le temps tout seul à faire suisse et bande à part dans les coins. Ah çà ! Ah çà ! Et puis, par-dessus le marché... le dimanche... quand tous gueulent pour avoir des permissions, toi seul t'en demandes pas ? Et quand je t'en donne, malgré toi, espèce de caillou, tu refuses ! Qu'est-ce qui m'a foutu un pareil phénomène?... J'aime pas ça, les phénomènes... j'en veux pas dans mon bataillon. Allons, réponds à l'ordre et lève les yeux...

VARON. — Oui, mon capi...

LE CAPITAINE. — Pourquoi tu ne sors jamais le dimanche ?

VARON. — Parce que... mon...

LE CAPITAINE. — Défendu ? T'es pas malade ?

VARON. — Non, mon capitaine. C'est pas pour ça.

LE CAPITAINE. — Pourquoi ? Allons ? Avoue ! Je sens qu'il y a une saleté là-dessous.

VARON, *fermement.* — Je suis séminariste, mon capitaine.

JE SUIS SÉMINARISTE, MON CAPITAINE.

LE CAPITAINE. — C'est un vœu ?

VARON. — Non, mon cap...

LE CAPITAINE. — Alors ? T'as donc pas une Jeannette en ville ?

VARON. — Non, mon capitaine ?

LE CAPITAINE. — Non ? T'es une emplâtre ! un navet ! Je te fais pas mes compliments. Et pourquoi ça, t'as pas une bonne amie ?

VARON. — Parce que, mon cap...

LE CAPITAINE. — Hé ?

VARON. — Ça m'est défendu !

LE CAPITAINE, *abasourdi.* — Ah... tu... oh !... Ah ! tu es sémina... Tiens... tiens... (*Un silence.*) Ainsi, vous êtes un sac-au-dos ?...

VARON. — Oui, mon capitaine.

LE CAPITAINE. — Savais pas. S'explique alors... s'explique tout seul. Je retire... Mais pourquoi vous ne le disiez pas tout de suite ? Vous me laissez partir et m'échauffer...

VARON. — J'avais peur que ça ne contrarie mon capitaine.

LE CAPITAINE. — Moi ? Pourquoi ? Est-ce que vous me prenez pour un imbécile ? Seulement, alors, je ne comprends plus. Quand on est du séminaire, N. de D., on va à la messe, et puis à vêpres, et tout le train des équipages ! Pourquoi vous ne me demandez pas de permission pour faire vos histoires ?

VARON. — Parce que, mon capitaine, j'ai pensé en arrivant que, bien sûr, je ne pourrais pas avoir régulièrement tous les dimanches, la permission de la journée pendant trois ans de suite. Alors, pour cette raison, et puis en même temps pour me priver, par sacrifice personnel, j'ai résolu de ne sortir jamais pendant mes trois ans. Seulement le dimanche, une fois mon service fini, je fais mes prières et je lis mes offices à part.

LE CAPITAINE. — Oui. S'explique alors. Parce qu'autrement... En somme, soyez franc, vous détestez le métier ?

VARON. — Non, mon capitaine.

LE CAPITAINE. — Mentez pas. C'est vilain pour un curé.

VARON. — Je ne mens pas.

LE CAPITAINE. — Si. Vous faites tout de première pour faire plaisir au bon Dieu et au pape, mais, dans le fond, ça vous dégoûte ?

VARON. — Pas du tout, mon capitaine. J'aime beaucoup, beaucoup l'armée... et mes camarades, et mes chefs, tout.

LE CAPITAINE. — Ça vous plaît ? Vous êtes orgueilleux d'avoir des grades ? C'est vrai, ça ?

VARON. — Oui, mon capitaine. Je suis enchanté de passer bientôt caporal.

LE CAPITAINE. — A la fin de votre temps, si vous vouliez, vous pourriez être sergent-major, vous savez ?

VARON. — J'essaierai, mon capitaine.

LE CAPITAINE. — Deux galons d'or et l'épée, ça ne dépend que de vous. Et alors, une fois sergent-major, à ce moment-là... dame... eh !

Il lui cligne de l'œil.

VARON. — Quoi donc, mon capitaine?

LE CAPITAINE. — Pourquoi ne rengageriez-vous pas ?

VARON. — Non, mon capitaine !

LE CAPITAINE. — Lâcher la robe noire? Saint-Maixent... Vous passez l'examen comme une lettre à la poste, vous êtes officier... Vous pouvez ensuite arriver aux plus hauts grades, comme moi... capitaine !... Ça ne vous tente pas ? Vous êtes difficile ! Vous n'aimez pas mieux être capitaine que curé ?

VARON. — Non, mon capitaine.

LE CAPITAINE. — Ça ne vous empêcherait pas d'aller à confesse, si vous voulez, d'être capitaine ? A preuve que ma femme y va et fait ses Pâques.

VARON. — Je sais bien... Mais... non... C'est ma vocation de porter la soutane.

LE CAPITAINE. — J'entends. Si c'est votre vocation, mon garçon... S'explique en ce cas. Y a pas à chanter. C'est égal... C'est donc bien amusant de dire la messe ?

VARON. — C'est mon désir. Et puis, on est utile, on peut faire du bien.

LE CAPITAINE. — Eh bien, et nous, l'armée, est-ce que nous faisons du mal ?

VARON. — Je ne dis pas ça, mon capitaine. Mais ce n'est pas la même chose. Et puis il faut des deux, voyez-vous ! Comme il faut des soldats, dans un pays, il faut des prêtres.

LE CAPITAINE. — Oui... évidemment. Pour les dames et les enfants.

VARON. — Quelquefois aussi pour les hommes, mon capitaine.

LE CAPITAINE. — Je ne dis pas... tout ça... suffit... Ça touche à la politique... *Motus*. Et puis, ça vous regarde, après tout. Moi, je suis soldat. Le bon Dieu... l'âme qui déserte son corps, le paradis et les garnisons de là-haut, aumônier, qui fumait sa pipe et buvait la goutte comme un saint. Et couvert de blessures, sacrebleu ! Comme ça, je

UNE FOIS MON SERVICE FINI, JE FAIS MES PRIÈRES.

après qu'on a claqué... Ça ne m'a jamais empêché de sucrer mon absinthe ! Mais enfin, je ne suis pas hostile. Y a de bons prêtres. J'en ai connu un, un ancien les comprends mieux. Mais j'y pense, nom d'une quille, puisque vous êtes de la partie... vous savez le latin, N. de D. ? Rosa la rose ?

VARON. — Oui, mon capitaine.

LE CAPITAINE. — Eh bien, ça se trouve à merveille. J'ai mon dernier, Gustave, un sacré petit tambour qui prépare sa cinquième, qui est gentil, mais cancre et fainéant comme n'y en a pas ! Vous viendrez tous les dimanches à la maison me le faire travailler, sacrebleu ! Ça va ?

VARON. — Oui, mon capitaine.

LE CAPITAINE. — Vous déjeunerez avec nous ?

VARON. — Oh ! mon capitaine.

LE CAPITAINE. — Si. Me coupez pas. Et après... eh bien, vous serez libre... pourrez aller faire la fête dans les églises. Prierez pour moi, nom d'une quille ?

VARON. — Oui, mon capitaine.

LE CAPITAINE. — Bono. Maintenant que je sais qui vous êtes... je vous tiendrai à l'œil... Je gueule après vous, Varon, mais c'est parce que je vous estime. Si tous mes soldats ils étaient curés, ça m'embêterait bougrement, mais ils vaudraient souvent plus cher. Là-dessus, au nom du Père... à dimanche ! Rompez.

AVIS PARTAGÉS

PIERRE, 27 ans. JEAN, 32 ans.

Chez Pierre, deux heures de l'après-midi, au printemps.

JEAN, *entrant.* — Ah ! bien, par exemple, je ne pensais pas te trouver.

PIERRE. — Pourquoi ?

JEAN. — Par ce beau temps ? Et un dimanche ?

PIERRE. — Je suis toujours, toujours chez moi le dimanche. Jamais je ne sors. Excepté le soir, tard.

JEAN. — La raison ?

PIERRE. — C'est que le dimanche me dégoûte. Alors, je le supprime ou, du moins, je l'atténue.

JEAN. — Et qu'est-ce que tu fais chez toi ?

PIERRE. — Je tâche de m'imaginer que c'est lundi.

JEAN. — Tu es sérieux ? Ça n'est pas une fine plaisanterie ?

PIERRE. — Pas du tout. Permets-tu que je me débonde ?

JEAN. — Débonde-toi.

PIERRE. — Le dimanche, c'est le jour de sortie des mufles. On ouvre les portes toutes grandes et on les lâche. Ils circulent, ils font ce qu'ils veulent. On ne voit que des gens laids, mal habillés, gauches, qui parlent fort et qui rient bête. Ils ont un nom : les endimanchés. Ils sont en récréation. Les jardins publics, les avenues, les boulevards, les cafés leur appartiennent. Ils envahissent les musées et ils disent devant la « Joconde » ou la

« Victoire de Samothrace » des choses écœurantes, à taper dessus. Des brutes joviales. Les parents se mettent le doigt dans l'œil et les enfants dans le nez. Qu'est-ce que c'est que ces gens-là ? D'où sortent-ils ? C'est de l'humanité inférieure. Je ne me sens pas du tout en parenté avec, moi ! Et ils sont gais, les animaux ! Ils se crèvent !

JEAN. — Pauvres diables ! Ils sont heureux.

PIERRE. — Raison de plus. Quand tout le monde a l'air si heureux, moi, ça m'embête.

JEAN. — Bonne nature !

PIERRE. — Et c'est aussi le jour de la pommade à la moelle de bœuf, du gant de chevreau à un bouton, de la boucle d'oreille en diamant, de la chaussure à bout verni, qui craque. Le jour de la poussière, de la sueur et des flaques de vin. Le jour humiliant, commun, et dégradant de la vie. Bouah ! bouah ! bouah !

JEAN. — Tu es un peu excessif

PIERRE. — As-tu jamais rencontré une jolie femme le dimanche, toi ?

JEAN. — Des fois.

PIERRE. — As-tu jamais trouvé une voiture de libre ?

JEAN. — Des fois aussi. Et que je montais dedans avec la jolie femme, donc !

PIERRE. — T'est-il arrivé quelque chose d'agréable un dimanche ?

JEAN. — Oh ! bien souvent ! C'est même de là qu'est venue cette expression : « Madame une telle ? j'en ferais mes dimanches. »

PIERRE. — Tant mieux pour toi. Moi, jamais. Rien que des tuiles. La lettre embêtante, la sale dépêche, la facture... dimanche. Invariablement ! Chaque fois que j'ai été mis en retenue quand j'étais petit... dimanche !

JEAN. — Parbleu !

PIERRE. — Et plus tard, la salle de police, quand j'étais grand... Dimanche ! Alors, je l'ai pris en horreur, je peux plus les sentir. Il y a un bonhomme de la Cour, sous Louis XV, qui restait couché un jour sur deux, immobile, pour s'économiser de vivre, et ne pas s'user. Moi, j'ai eu souvent l'envie de faire ça le dimanche, de me coller au pieu, les rideaux fermés.

JEAN. — Sans manger ?

PIERRE. — Ah ! si !

JEAN. — Tu consens tout de même ? Bon petit ! Pas besoin de te mettre au lit, cependant ? Si tu trouves qu'il y a trop de monde sur les boulevards, va dans les rues moins fréquentées ?

PIERRE. — On ne peut pas.

JEAN. — Pourquoi ?

PIERRE. — Tous les concierges et les boutiquiers qui ne sont pas en liberté s'installent sur le pas de leur porte, en demi-cercle, avec les pattes sur le ventre. Et voilà les électeurs !

JEAN. — On regarde les magasins.

PIERRE. — Ils sont fermés. N'y a d'ouverts que les pharmaciens.

JEAN. — Égare-toi dans les quartiers lointains.

PIERRE. — Oh ! la mort, alors !

JEAN. — Va à la campagne.

PIERRE. — C'est pire. On les retrouve. Ils me gâtent l'herbe, la plaine et la forêt. Ils me dégoûteraient de la mer et de la montagne. Oh ! les papiers sur le gazon ! La manche de chemise à travers les branches ! La grosse dame sur une fourmilière ! La voiture à rideaux de cuir ! Et le petit cheval attaché qui boulotte un jeune frêne à lui tout seul ! Rien que d'y penser j'en ai le frisson !

JEAN. — T'es bien difficile !

PIERRE. — Possible. Je trouve que le

dimanche est un jour inutile, un jour de trop, voilà !

JEAN. — Est-ce que c'est pas le jour où le bon Dieu s'est reposé?

PIERRE. — Il aurait rudement mieux fait de travailler. Mais tu as l'air de défendre le dimanche? Veux-tu me dire ce qu'il a d'agréable?

JEAN, *pensif.* — Oh !

PIERRE. — Je t'en défie.

JEAN. — Ça nous entraînerait trop loin. Et puis, nous n'avons pas la même nature. Tu ne me comprendrais pas.

PIERRE. — J'essaierai. Marche. Apologie du dimanche.

JEAN. — Pas apologie. Sentiments... sensations... D'abord, le dimanche a une figure à part. Tous les autres jours de la semaine se ressemblent. Mardi est aussi bête que jeudi. Tandis que le dimanche, il est tout seul. Et mon dimanche, à moi, c'est un jour précieux, de recueillement, de rêve et de pensée.

PIERRE. — Où le places-tu, ton dimanche?

JEAN. — Ça dépend. De préférence dans les quartiers lointains et déserts.

PIERRE. — Qu'est-ce qui s'y passe?

JEAN. — Rien et beaucoup. Il s'agit de savoir écouter... regarder... C'est là qu'on entend des cloches.

PIERRE. — Quelles cloches ?

JEAN. — Je ne peux pas te le dire... Des cloches... qui rappellent délicieusement les cloches de province et d'enfance. Ou encore un des derniers orgues de Barbarie qui pleure une valse tendre. Le joueur est vieux, toujours, et il a toujours un chien, un chien résigné aux yeux touchants... L'air décroît peu à peu parce que l'homme continue à jouer en marchant... A présent, c'est la *Czarine*.

Il a tourné sous le porche... Un troupeau d'orphelines passe. J'adore ces choses.

PIERRE. — Joies sévères !

JEAN. — Non. D'une parfaite doucœur. Le bon hasard me conduit toujours en droite ligne aux rues mélancoliques de ma prédilection, celles où il y a des laiteries, des semblants de fermes, où des branches d'arbres prisonniers se

DE PAUVRES DIABLES EN GUENILLES PORTENT DES BOUQUETS DE FLEURS DES CHAMPS.

penchent au-dessus d'un mur, pour voir les rues vides qu'on croit reconnaître et avoir déjà traversées on ne sait quand. Il y fait un soleil à part... les chats sont heureux, la pie apprivoisée du cordonnier sautille.

PIERRE. — Et toi, pendant ce temps-là, tu sautilles aussi?

JEAN. — Je savoure.

PIERRE. — Quoi?

JEAN. — Tout. J'écoute les bruits, je me grise des silences. En suivant certaines ruelles dévotes de la Montagne-Sainte-Geneviève, j'attrape avec délices des bouffées de vêpres. Où êtes-vous, petite première communion? Certains après-midi, je vais au delà des fortifs... j'y rencontre, aux approches du soir, de pauvres diables en guenilles qui portent sur l'épaule des bouquets de fleurs des champs, pendus la tête en bas le long d'un bâton. Je cause avec eux... Coquelicots, bleuets, marguerites... les trois couleurs, un sou pièce. Il faut manger. Ce sont les mêmes qui, l'hiver, vendent le gui pour la Noël. Mais c'est surtout le Marais, le Temple, l'île Saint-Louis que je ne me lasse pas de battre en tout sens ! Je repasse mon Michelet. La rue des Lions-Saint-Paul ! L'Hôtel de Sens ! Tout ce qu'il y a, dans les vieilles pierres, les vieux balcons et les vieux toits, de souvenirs tragiques assoupis, s'éveille et revient ce jour-là, — le dimanche !

PIERRE. — Es-tu sûr?

JEAN. — Absolument. En semaine, ça se repose, ça dort. Le dimanche, ça circule, c'est dans l'air. On le respire.

PIERRE. — Enfin, tout ça est mourant !

JEAN. — C'est aussi pour ça que je l'aime. Oui, le dimanche, pour les délicats et les rêveurs, a en soi une tristesse et un désenchantement profonds, c'est certain. Même heureux, on souffre un peu ce jour-là de son bonheur. Pourquoi? Il y a là un mystère. Le dimanche est toujours pensif ; il apporte avec lui, périodiquement, je ne sais quelle déception hebdomadaire. Il est long, long, même quand il passe vite. On ne sait pas toujours comment le tuer, et il arrive qu'il faille s'y prendre à plusieurs fois. Il semble, ce jour-là, que la vie soit suspendue, et qu'on fasse craquer sous ses pieds de vagues feuilles mortes. Le dimanche est peut-être l'automne de la semaine ?

« LA PÉTILLANTE »

M. GALON, 55 ans. Petit.

MADAME GALON, 45 ans. Très grosse. Costume de bicycliste ainsi combiné : bas de fil noir bottines à boutons fatiguées, culotte zouave marron, corsage de soie noire, broche camée au cou, chapeau à fleurs. Pas de gants.

Au Bois, un peu après Ermenonville, au mois d'août, le dimanche. M. Galon et madame Galon sont descendus à l'instant du fiacre qui les a amenés. Madame Galon seule a une bicyclette sur laquelle elle s'appuie. M. Galon, également en culotte, avec un livre sous le bras, s'apprête à payer le cocher.

M. GALON, *au cocher.* — Qu'est-ce qu'on vous doit?

LE COCHER, *debout sur son siège.* — Bé, vous le savez bien, mon p'tit père? Ça fait, la course, quarante-cinq sous, avec le retour... c'est-à-dire trois francs vingt-cinq, sans le pourboire.

M. GALON, *effaré.* — Comment! Comment !

LE COCHER. — Y a pas de comment.

MADAME GALON, *à son mari.* — Mais oui. Il a raison... Donne-lui trois francs cinquante.

LE COCHER. — Ah ben non ! Vous ne

voudriez pas! Cinq sous de pourboire pour venir de la rue de la Douane ici... Un dimanche! Ah ben, mon président!

MADAME GALON, *à son mari*. — Donne-lui trois francs soixante-quinze...

M. GALON. — Mais...

MADAME GALON, *autoritaire*. — Donne-lui. Et que ça finisse.

Il les donne, à regret. Le cocher part à grande allure sans dire merci. Madame pousse un gros soupir.

M. GALON. — Enfin, nous voilà rendus! C'est pas dommage! Comme c'est cher, ces voitures! (*A sa femme.*) Eh bien es-tu contente? Nous serons très bien ici.

MADAME GALON, *marchant en poussant sa machine*. — Non. Allons un peu plus loin.

M. GALON. — Comme tu voudras. J'espère que, depuis le temps que tu désirais monter au Bois, te voilà satisfaite? Tu y es, au Bois! Au vrai Bois! Hé? tu ne réponds pas? Qu'est-ce que tu as? Tu fais une tête...

MADAME GALON. — Laisse-moi.

M. GALON. — Tu es malade?

MADAME GALON. — Pas du tout. Mais, je pense, je suis préoccupée.

M. GALON. — Tu as peur?

MADAME GALON. — Je n'ai pas peur. Es-tu bête! Seulement, je fais attention, je pense qu'il faut être prudente...

M. GALON. — Bien entendu. Mais au Bois, il n'y a pas de danger. Il n'y a pas d'omnibus. Tiens, ici. (*Il s'arrête.*) Nous sommes très bien.

MADAME GALON, *qui regarde*. — Il y a encore trop de monde. (*Elle repart.*)

M. GALON. — Il n'y a personne.

MADAME GALON. — Je te dis qu'il y a trop de monde. Prenons une allée latérale.

M. GALON. — Va devant, je te suis.

MADAME GALON. — Non. Marche à côté de moi.

M. GALON. — Pourquoi pas derrière?

MADAME GALON. — Parce que je ne veux pas avoir l'air d'une femme seule.

M. GALON. — Tu n'es pas seule, puisque je suis derrière toi.

MADAME GALON. — C'est moins comme il faut qu'à côté.

M. GALON. — C'est qu'à côté, tu m'envoies tout le temps ta mécanique dans les jambes, et ta pédale me fait des bleus.

MADAME GALON. — Change de côté. Es-tu assez vexant, mon petit homme?

M. GALON. — Moi? Je suis vexant? Je fais tout ce que tu veux. Est-ce que c'est pour moi que je suis ici et que je viens de dépenser des voitures?

MADAME GALON. — Des voitures! Une, mon Dieu! Ne me fais pas de reproches! Est-ce de ma faute si je suis malade? et si j'ai besoin de bon air? Rappelle-toi ce qu'a dit le médecin, quand nous avons été le voir : « Madame s'étiole. »

M. GALON. — Oh!

MADAME GALON. — Ne mens pas. L'a-t-il dit?

M. GALON. — Il l'a dit. Ils disent tous ça.

MADAME GALON. — Madame s'étiole. Il n'y a qu'un remède. Bicyclette! Bicyclette!

M. GALON. — Eh bien, je t'en ai acheté une le lendemain. La marque la plus chère du quartier : « La Pétillante ». Trois cent cinquante francs. Dis que je ne suis pas gentil?

MADAME GALON. — Tu n'as fait que ton devoir.

M. GALON. — Je t'ai payé une culotte...

MADAME GALON. — Ça n'a pas été sans peine!

M. GALON. — En effet, j'aurais préféré une jupe.

MADAME GALON. — Une jupe! encore! Tout ce qu'il y a de plus dangereux... Ça se prend dans les roues... Qu'on vienne à tomber... on peut être traînée pendant trente ou quarante mètres...

M. GALON. — Mais non. Tu confonds avec le cheval.

MADAME GALON. — Enfin, j'aime mieux la culotte, moi.

M. GALON. — Tu l'as. De quoi te plains-tu?

MADAME GALON. — Et puis, ça dessine mieux.

M. GALON. — Ça dessine même trop.

MADAME GALON. — Du moment qu'on n'est pas mal faite.

M. GALON. — Tu n'es pas mal faite, mais tu es forte... surtout du bass...

MADAME GALON. — C'est de moi que tu parles? Alors, dis tout de suite que je suis grosse?

DIS TOUT DE SUITE QUE JE SUIS GROSSE ?

M. GALON. — Grosse ou pas grosse, tu pèses quatre cents kilos.

MADAME GALON. — Qu'est-ce que ça prouve? Que j'ai les os épais. J'ai de gros os.

M. GALON. — Oui. Eh bien? Que penses-tu de cette jolie petite allée, ma bonne? Hein? je crois que cette fois-ci...

MADAME GALON. — Oui, je vais essayer. Et qu'est-ce que tu vas faire, toi, pendant ce temps-là?

M. GALON. — Mais dame, je vais lire.

MADAME GALON. — Ton Ponson du Terrail?

M. GALON. — Oui.

MADAME GALON. — Ça t'amuse ces machines-là?

M. GALON. — Beaucoup. Ce Rocambole !... Tu n'as pas idée...

MADAME GALON. — Où vas-tu te mettre?

M. GALON. — Là. Au pied d'un arbre.

MADAME GALON. — Et tu ne vas plus t'occuper de moi alors? Il peut m'arriver des dangers, des accidents? Tu t'en fiches.

M. GALON. — Mais... ma bonne amie...

MADAME GALON. — Tu es un drôle de mari. Tu vas m'aider à monter au moins?

M. GALON. — Oui, là! Et puis, tu iras jusqu'au bout de l'allée, tout là-bas, bien sagement, et puis, tu reviendras, et puis toujours comme ça, la navette, jusqu'à ce que tu sois fatiguée. Ne te mets pas en nage.

MADAME GALON. — Sais-tu ce que tu ferais si tu étais gentil?

M. GALON, *inquiet.* — Quoi?

MADAME GALON. — Tu marcherais à côté de moi.

M. GALON. — Mais tu irais trop vite pour que je te suive, ma mignonne!

MADAME GALON. — Tu courrais.

M. GALON, *désolé.* — Vraiment? Tu veux? Mais alors...

MADAME GALON. — Quoi?

M. GALON, *faible.* — Je ne lirai pas?

MADAME GALON. — Tu liras en courant si tu y tiens.

M. GALON. — Ne te moque pas de moi. Ça n'est pas charitable.

MADAME GALON. — Et puis, tu ne liras pas, quoi donc! Le beau malheur! Tu retrouveras ton sale Rocambole plus tard.

M. GALON. — Ça m'amuse. C'est très bien écrit, tu sais? J'en suis quand le duc de Sallandrera...

MADAME GALON. — Tais-toi. Et tiens-moi ma machine. *(Elle enjambe.)*

M. GALON, *résigné.* — Y es-tu?

MADAME GALON, *qui essaie de se mettre en selle.* — Non, non... Pas encore.

M. GALON. — Tu as un pli?

MADAME GALON, *qui regarde au loin.* — Non.

M. GALON. — Eh bien, quoi alors? Parle.

MADAME GALON, *qui étend la main.* — Il y a des personnes... là-bas, là-bas...

M. GALON, *qui regarde dans la direction.* — Pas du tout. Elles s'en vont.

MADAME GALON. — Il y a encore quelqu'un.

M. GALON, *qui rit.* — C'est un chien.

MADAME GALON, *butée.* — Ça ne fait rien. Il me regarde. Ça me gêne pour monter. Il faut que je sois toute seule, toute seule, pour démarrer. Renvoie cette bête.

M. GALON. — Tu es ridicule. Puisque je te tiens. Là, tu y es?

MADAME GALON. — Oui.

M. GALON. — Je lâche tout; pousse, ma grosse.

MADAME GALON, *éperdue.* — Non! Sapristi, Gustave... Veux-tu me tenir!... *(Elle redescend.)* Mais tu vas me faire tuer, espèce d'imbécile!

M. GALON. — N'aie donc pas peur!

MADAME GALON. — Je n'ai pas peur. Tu es incroyable. Je voudrais t'y voir.

Y ES-TU ?

M. GALON. — Tu pousses des cris comme si on te plumait.

MADAME GALON. — D'abord, je suis malade... la tête me tourne.

M. GALON. — Allons ! bon !

MADAME GALON. — Je sens que je ne pourrai rien faire aujourd'hui. Pas un tour de roue.

M. GALON. — C'est sérieusement que tu dis ça?

MADAME GALON. — Très sérieusement. Et puis... après tout... Je ne sais pas jusqu'à quel point la bicyclette... Enfin, je me demande si ça m'est bien bon.

M. GALON. — Es-tu folle, dis? Eh bien et le médecin? Madame s'étiole, rappelle-toi? Bicyclette! Bicyclette!

MADAME GALON. — Pourquoi n'en ferais-tu pas aussi, toi ?

M. GALON. — Je ne m'étiole pas. Et puis, je déteste ça... Pour t'être agréable j'ai déjà consenti à la dépense d'un costume de bicycliste. Je le mets quand je sors avec toi pour faire semblant de savoir monter, et que tu n'aies pas l'air d'être toute seule... C'est tout ce qu'il faut me demander. Monte vite, allons. Grimpe, ma cocotte, et ne nous fais pas d'histoires en plein air.

MADAME GALON. — Je n'ai plus envie.

M. GALON. — Veux-tu monter tout de suite ?

MADAME GALON. — N'insiste pas. Je sens qu'il va m'arriver une catastrophe.

M. GALON. — Monte d'abord, nous verrons après.

MADAME GALON. — Non. Décidément. Je ne me sens plus en confiance là-dessus.

M. GALON, *qui s'arme de toute sa patience.* — Voyons! Sacrelotte, mon petit mignon, ne fais pas l'enfant, je t'en conjure ! Tu montes très bien. Tu es très gracieuse. Voilà huit jours que tu vas toute seule à ravir, le soir, avenue Parmentier... Ça va te faire un bien énorme !

MADAME GALON. — Ici, j'ai peur. Tous ces arbres...

M. GALON. — Puisque je suis là... puisque je ne te quitte pas de l'œil... puisque le médecin t'a ordonné le bon air des bois... qu'on a dépensé une voiture pour venir... Allons, voyons? petite poule?

MADAME GALON. — Ne me demande pas ça... Tu vas me faire pleurer... Tu vas me donner une attaque de nerfs.

M. GALON, *qui rage.* — Je t'ordonne de monter. Ah mais !

MADAME GALON. — Tu m'ordonnes... à moi... Va donc, tiens. (*Elle lance la machine qui va heurter contre un arbre.*)

M. GALON. — (*Il se précipite, relève la machine, l'inspecte, la tâte.*) Ça y est ! Tu l'as cassée... La roue est tordue. Une « Pétillante » ! Trois cent cinquante francs dans l'eau !

MADAME GALON. — Elle est cassée? Tu dis cassée pour de bon?

M. GALON. — Mais oui ! mais oui ! elle roule encore, mais on ne peut plus monter dessus.

MADAME GALON. — Eh bien ! tant mieux... J'en avais assez de ce sale exercice dangereux que tu voulais m'imposer.

M. GALON. — Oh ! Pauline ! Est-ce toi? Est-ce toi?

MADAME GALON. — C'est moi. Et sais-tu ce que nous avons de mieux à faire, maintenant?

M. GALON. — C'est de rentrer. Mais une fois rentrés...

MADAME GALON. — Une fois rentrés, tu te tairas ou je te quitte, je te laisse la maison sur les bras... je divorce et je vais à Melun dans ma famille.

M. GALON, *très saisi*. — Tu ferais ça? Tu me laisserais le magasin... Notre commerce de papeterie... Tu abandonnerais ton comptoir?...

MADAME GALON. — Si tu m'obstines...

MADAME GALON. — Une voiture!... Ah çà, tu rêves?... Non, mon vieux, pas de voiture! Tu me coûtes trop cher. C'est-à-dire que moi... je prendrai l'omnibus à la Porte-Maillot.

M. GALON. — Eh bien, et moi? La bic...

EN ATTENDANT, PRENDS LE SYSTÈME ET VA DEVANT.

Oui dà. En attendant, prends le système et va devant. (*Il obéit.*)

M. GALON. — Nous avons encore une bonne trotte avant de sortir du Bois et de trouver une voiture.

MADAME GALON. — Tu ramèneras la bastringue à pied. (*Il lève les yeux au ciel.*) Et, tiens-la bien, hé? (*Un temps.*) Passe-moi ton bouquin. Je lirai en omnibus. (*Il le lui donne.*)

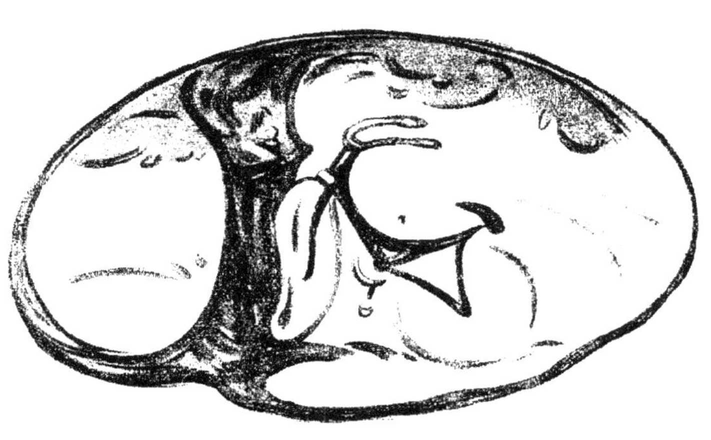

LA SAINT-JULES

MADAME LECORBEAU, 50 ans. Un peu de barbe.
LE PÈRE LANGLU, 60 ans. Invalide, jambe de bois.

Chez madame Lecorbeau, en avril, à Vaugirard. Une petite chambre bien gaie, sous les toits. Un perroquet dans une cage.

LE PERROQUET. — Tra la la la... Demi-tour à gauche! Te v'là, mon cochon! Viv' la Frrrance!

MADAME LECORBEAU. — Chante, mon fi. Ti-père il va venir!

LE PERROQUET. — Ti-père! Cronie!

MADAME LECORBEAU. — Mais oui, ma fille, il va venir. Il vient tous les dimanches... voir son Jacquot. (*On entend le pilon du père Langlu qui fait toc dans l'escalier.*) Tiens, l'entends-tu, ti-père?

Langlu entre.

LANGLU, *médaille militaire. Sa canne d'une main, son mouchoir à carreaux de l'autre. Il souffle.* — Bonjour, les enfants. Te v'là, la mère. (*Il embrasse madame Lecorbeau. Se tournant vers la cage.*) Te v'là, Canrobert?

LE PERROQUET. — Te v'là, mon cochon! Ran! rata plan! Caca-d'oie! Viv' la Frrrance!

LANGLU. — C'est bon. Colle ton bec et tais-toi! (*A madame Lecorbeau.*) Ma vieille, il fait soif.

MADAME LECORBEAU. — Tu vas boire. D'abord, assois-toi. Prends tes aises. Quitte ta jambe. A' te tient chaud?

LANGLU. — Oui. Plutôt. Et l'hiver a' m'fait frais, la gueuse!

MADAME LECORBEAU. — Et à part ça? Depuis dimanche passé?

LANGLU. — Y a... qu'y a du pétard avec l'artilleur.

MADAME LECORBEAU. — Encore !

LANGLU. — Et cette fois-ci, c'est du bon !

MADAME LECORBEAU. — Tu vas m'conter ça !

LANGLU. — Oui, mais avant, viens me tirer ma botte en chêne.

MADAME LECORBEAU. — Assois-toi sur mon lit, tu seras mieux. (*Il s'y met. Elle lui défait sa jambe de bois.*) Là, te v'là comme tout le monde à présent, chéri ! (*Elle tient la jambe et cherche des yeux où la poser.*)

LANGLU. — F...-la sur le carré. Ell' me dégoûte à voir.

MADAME LECORBEAU. — T'excite pas, mon p'tit homme.

LANGLU. — Ah si ! Quand je pense que c'cochon d'artilleur ça a toutes ses jambes, tandis que moi...

MADAME LECORBEAU. — Mais il n'a pas ses bras, lui.

LANGLU. — L'en a un, le salaud ! Un grand.

MADAME LECORBEAU. — Mais rien qu'un.

LANGLU. — C'est bien assez. Ah ! le sauvage !

MADAME LECORBEAU. — Rage pas, mon p'tit homme. (*Elle va et vient à travers la chambre.*) Ah ! c'est ça? Tu veux ta goutte ?

LANGLU. — Sûr. Et que ça déborde !

MADAME LECORBEAU, *posant devant lui, sur la table de nuit, un carafon de cognac avec un verre à bordeaux.* — Là... t'as ta fleur d'orange.

LANGLU, *polisson.* — Et toi?

MADAME LECORBEAU. — Moi? Ah ! mon p'tit homme, tu sais bien que la mienne... Conte l'artilleur, va.

LANGLU. — Et bien, voilà.

MADAME LECORBEAU. — C'est toujours rapport à ton jardin?

LANGLU. — Toujours.

MADAME LECORBEAU. — J'en étais sûre.

LANGLU. — Voilà. On a donc chacun sa tonnelle, avec un carré de jardin devant. Bon. Avant que d'l'avoir pour voisin, c'chameau-là, j'étais ben heureux, ben pacifique. C'était, de ce temps-là, le vieux Bigorain, tu te rappelles?

MADAME LECORBEAU. — Que oui.

LANGLU. — Du Mexique et de Crimée, qu'avait pus de nez et un œil dispersé, la gueule en poussière... Un brave... N'aimait point cultiver la terre... Alors, dame, ça me faisait comme deux jardins à moi ! Et pis, à la longue, il a crevé. C'est alors que j'ai eu ce carcan de Copic.

MADAME LECORBEAU. — L'artilleur?

LANGLU. — Oui... rapport qu'il a été, parait-il, dans les pièces de canon. Je l'en f...! Dans le train, les riz-pain-sel, oui. Et que son sale bras... pour moi, i n'la jamais perdu que dans un accident de civil. Mais su... l'champ de bataille? Ah ! mon colon ! Mais jamais il s'a battu, jamais i n'a vu le feu, c't homme-là... Y a qu'à regarder comme il se conduit avec moi, son ancien. Car j'étais de la boite avant lui...

MADAME LECORBEAU. — Tout ça ne me dit pas ce qu'il t'a fait.

LANGLU. — I m'a fait, N... de D..., qu'il a entrepris de faire péri mon jardin, et crever mes fleurs, avec des sales espèces de plantes qu'il f... dans le sien, qui poussent à des hauteurs, et qu'interceptent soleil et lumière, de sorte qu'après, moi je me vois pencher dans mes plates-bandes, faute de ça qui m'bouche.

MADAME LECORBEAU. — Qu'est-ce qu'il plante?

LANGLU. — Des machines vertes, est-ce que je sais, qui montent, qui font touffu ; alors ma giroflée, mes oreilles-d'ours et mon muguet, tout ça claque comme du Prussien. N'a plus de soleil.

MADAME LECORBEAU. — Tu ne peux pas te plaindre?

LANGLU. — Mais si. Je m'ai...

MADAME LECORBEAU. — Eh bien?

LANGLU. — L'général a dit qu'i voulait point s'occuper de tout ça, que c'est à nous à s'arranger entre soi... et pis que si ça prenait des proportions, il supprimera les tonnelles et jardins. Et va donc !

LE PERROQUET. — Peau de bidon! Ran tan plan! F...tez l'camp.

LANGLU. — Tais-toi, Canrobert. (*A madame Lecorbeau.*) Tu penses si je me fais un sang? Mais ça finira mal. Oh ! il n'éclatera que de ma main, l'artilleur, je tomberai dessus un de ces jours et je le mettrai en capitulation.

MADAME LECORBEAU. — T'es fou, mon petit homme. T'es pas raisonnable! Toi ! un ancien cavalier de la cavalerie ! Rappelle-toi comme t'étais beau quand je t'ai connu dans les hussards, à Saint-Germain, où je travaillais couturière?

LANGLU. — T'étais pas non plus à faire peur. C'est pas dimanche dernier, dis donc, cette bataille-là?

MADAME LECORBEAU. — Eh non. Y a des années. J'avais pas de barbe, à Saint-Germain.

LANGLU. — Et moi, j'avais ma patte en viande, N... de D... Et puis j'm'en servais, oui !

MADAME LECORBEAU. — Enfin, c'est fini. La guerre a passé par là-dessus. Faut pas y penser.

LANGLU. — Si, au moins, qu'on aurait été vainqueur !

MADAME LECORBEAU. — Qu'est-ce que tu veux? Nous ne pouvons pas l'être toutes les fois.

UN BRAVE...

LANGLU. — C'est vrai. Ça sera pour la prochaine. Quelle fanfare! Foutue République! S'il n'y avait pas c'te culasse d'artilleur qui me gâte la vie, tiens, je n'serais pas encore trop malheureux, vieille Justine ! Mais il est là, toute la sacrée journée, avec son moignon, qui ballotte dans sa manche. Il a encore trouvé le moyen d'avoir un moignon, le veau ! Moi, ma jambe, N... de D...! elle est coupée jusqu'en haut, à razibus, tandis que lui, c'feignant, s'est même pas fait rogner jusqu'au coude ! Et pour ça, pour un pauvre petit poignet de deux sous, ça s'est fait recevoir aux Invalos... ça prend la place d'un amputé sérieux ! Y a pus de justice.

MADAME LECORBEAU. — Revenons à ton jardin.

LANGLU. — Oui. Dis donc, j'ai pensé à une chose, moi, Langlu. Y a pas de la mort-aux-rats pour les fleurs? Si. Ça doit se trouver chez l'herboriste ! Ah ! s'y en avait, N... de D..., j'y ferais le Sahara dans sa tonnelle, à Copic. Et puis, que je rirais tout bas dans ma jambe, oui !

MADAME LECORBEAU. — Non. L'herboriste ne vend point de ça.

LANGLU. — Tant pire.

MADAME LECORBEAU. — Mais y a peut-être un moyen...

LANGLU. — Dis vite, ma mère !

MADAME LECORBEAU. — C'est d'y mettre de la chaux.

LANGLU. — J'y mettrai. Ah ben ! Mais comment ?

MADAME LECORBEAU. — Je t'expliquerai. Nous arrangerons ça. Parce que, tu comprends, faudrait pas te faire pincer ?

LANGLU. — Pas peur. Pour le truc... je suis de première !

MADAME LECORBEAU. — En attendant, laissons Copic, et viens embrasser ta Justine. Quel jour c'est-il aujourd'hui, petit piton?

LANGLU. — Dimanche, ma grosse poire.

MADAME LECORBEAU. — Dimanche, quoi?

LANGLU. — Dimanche... des Rameaux : c'est demain ma fête !

MADAME LECORBEAU. — La Saint-Jules.

LE PERROQUET. — Urrrsule ! Urrrsule ! A la bascule !

MADAME LECORBEAU. — Et voilà mon p'tit présent.

Elle lui remet dans la main un objet enveloppé.

LANGLU, *il développe le paquet.* — Un sécateur ! N... de D... ! Ce que j'avais tant besoin !

MADAME LECORBEAU. — Il est en nickel.

LANGLU. — Tu dois savoir ce que ça te coûte ! Ah ! ben ! ma vieille...

MADAME LECORBEAU. — T'es content?

LANGLU. — Mais, dis donc, c'est qu'il a l'air de couper comme un rasoir !... Non ! c'que l'artilleur va rager ! Il n'en a pas. Et puis, s'il m'embête, j'y détache un doigt comme une branche morte, quitte à dire ensuite que je l'ai pas fait exprès, que c'est d'la mégarde.

MADAME LECORBEAU. — N'sois point méchant le jour de ta fête, mon p'tit homme. Tu crois que c'est la fin?... C'est pas fini. Vlà du tabac d'Espagne, à priser !

LANGLU. — D'Espagne !

MADAME LECORBEAU. — Un paquet de cigares.

LANGLU. — Oh ! qu't'es gentille ! t'en fumeras un tout à l'heure avec moi?

MADAME LECORBEAU. — Oui. Attends donc, tu n'es pas encore au bout? Voilà des graines ! Pour ton jardin, galopin !

LANGLU. — Des graines ! Oh ! Oh !

MADAME LECORBEAU. — Ça, c'est des pétunias !

LANGLU. — Oh !

MADAME LECORBEAU. — Ça, du pois de senteur.

LANGLU. — Zut !

MADAME LECORBEAU. — Ça, de la verveine.

LANGLU. — Sacrr... Y a-t-il d'la gueule-de-loup?

MADAME LECORBEAU. — Y en a. Dans ce cornet bleu !

LANGLU. — Tu me gâtes, ma bonne vache, tu me gâtes.

MADAME LECORBEAU. — Mais non. pas tout... (*Elle va chercher derrière les rideaux de la fenêtre une plante enveloppée d'un grand papier blanc.*) V'là le bouquet !

LANGLU. — Un pot de fleur !

MADAME LECORBEAU. — Un rosier. Une Maréchal-Niel !

DONNE TON BEC...

V'là ben près de trente ans qu'on est attelé tous deux... comme mari-femme... ça me fait plaisir de te favoriser, bête !

LANGLU. — C'tégal ! Un sécateur, des graines... du tabac d'Espagne... des londrès, c'est beaucoup, c'est trop !

MADAME LECORBEAU. — Et puis c'est

LANGLU. — N... de D..., une rose militaire ! Donne ton bec... Ah ! dame, là, je suis ben aise !

LE PERROQUET. — Comme ma sœur Thérèse ! qui rrrit quand on la...

MADAME LECORBEAU. — Jusqu'à Canrobert qui t'la souhaite, tiens !

Comme ma sœur Thérèse.....

DECLIN

COMTE DE LIMERAY, 70 ans.
COMTESSE DE LIMERAY, 60 ans.
L'ABBÉ TERREAU, 51 ans.

Au château de Limeray, en automne. Un salon aux deux fenêtres grandes ouvertes. On aperçoit une vallée de pays normand. Le comte et la comtesse sont assis. Lui, lit ; elle, rêve. Une demie sonne au cartel.

LE COMTE, *s'interrompant de sa lecture.* — Tu as été à tes vêpres, tantôt ?

LA COMTESSE. — Oui.

LE COMTE. — Du monde ?

LA COMTESSE. — De moins en moins. Nous n'étions pas quinze.

LE COMTE. — Et parmi nos voisins ?

LA COMTESSE. — Personne. Personne de la Ribaudière.

LE COMTE. — Ni des Grands-Ormeaux?

LA COMTESSE. — Ni du Verger. Des quatre châteaux du pays, il n'y a que moi de restée fidèle aux vêpres.

LE COMTE. — J'avoue que tu y as du mérite... parce que les vêpres, en général, c'est déjà... pas très folâtricule ! Et alors les vêpres ici, comme chose mourante, ça dépasse tout.

LA COMTESSE. — Ça n'est pas fait pour amuser.

LE COMTE. — Je pense bien. Et à quoi songes-tu, à présent, dans ton fauteuil ?

LA COMTESSE. — A rien. Je regarde le temps.

LE COMTE. — Ça se brouille.

LA COMTESSE. — Il va pleuvoir.

LE COMTE. — En voilà pour toute la journée.

LA COMTESSE. — Oh ! qu'il pleuve ou qu'il fasse beau...

LE COMTE. — Quoi ? Qu'est-ce que tu veux dire ? Encore tes idées noires ?

LA COMTESSE. — Non.

LE COMTE. — Mais si.

LA COMTESSE. — Que veux-tu ! Je n'en suis plus à l'époque où il me suffisait d'un nuage qui change de place et d'un coin de ciel bleu pour avoir l'âme en joie. La vie à mon âge...

LE COMTE. — A ton âge ! Eh bien, qu'est-ce que tu diras donc, quand tu seras au mien ?

LA COMTESSE. — Pas une syllabe. Je serai morte.

LE COMTE. — Morte ! Morte ! C'est ton dada ! Tu es inouïe. Tu tiens toujours à être morte, et à mourir la première.

LA COMTESSE. — Je sais bien que c'est ce qui arrivera !

LE COMTE. — C'est ce qui te trompe. Ça te ferait trop plaisir. Tu ne sais rien du tout. Et puis, comme c'est agréable et poli pour moi, cette façon de t'en aller avant ton mari, de le planter là. « Va donc, dépêtre-toi comme tu pourras, moi je me trotte au ciel. Adio... Adio ! »

LA COMTESSE. — Je n'irai pas au ciel.

LE COMTE. — Bien entendu. Tu rôtiras. Tu es un monstre.

LA COMTESSE. — Je ne suis pas un monstre, mais je suis imparfaite.

LE COMTE. — Qui est ce qui est parfaite, veux-tu me le dire ? Est-ce moi ?

LA COMTESSE. — Non, certainement.

LE COMTE. — Je ne suis pas parfait, moi ? Eh bien, tu es encore gentille !

LA COMTESSE. — Dame... tu me demandes...

LE COMTE. — Enfin, laissons ça. Tu vivras jusqu'à cent quatorze ans, tu entends ? Et je te défends bien de filer la première, à l'anglaise ! J'ai besoin de toi. Tu m'es utile.

LA COMTESSE. — Oh ! à quoi ?

LE COMTE. — Tu me plies ma serviette.

LA COMTESSE. — S'il n'y a que pour ça que tu tiens à me garder...

LE COMTE. — Pas pour autre chose ! Viens embrasser ce vieux beau. (*Elle se lève et va à lui. Il l'embrasse.*) Ma mignonne, je vais t'adresser des reproches. Tu n'es plus assez coquette ?

LA COMTESSE. — Es-tu fou ?

LE COMTE. — Non. Tes cheveux blancs, tout ça... tu devrais avoir de jolis bonnets ? On fait des choses charmantes à présent en dentelles... Je t'en ai assez donné des dentelles, Dieu merci ! C'est dans des boîtes, dans des petits cartons. J'aimerais te voir élégante... très chic... Au lieu de ça... tu ne quittes pas tes petites robes noires. Tu as l'air de la receveuse des postes.

LA COMTESSE. — Tu veux que je me mette en rose ? En costume de tennis ?

LE COMTE. — Non, mais l'autre jour, quand madame de Crépy-Valune est venue te rendre visite, as-tu remarqué ? elle avait une très jolie robe gros vert vert prune... Je ne sais pas ce que c'était.. Enfin, ça avait beaucoup de cachet ! Et elle a deux ans de plus que toi... facilement !

LA COMTESSE. — Elle est ridicule.

LE COMTE. — Elle, oui. Mais, toi, tu ne le serais pas.

JE TE DEFENDS BIEN DE FILER LA PREMIERE, A L'ANGLAISE !

LA COMTESSE. — Tu es bien aimable. Oh ! et puis, à quoi bon ?... pour ce qui me reste à vi...

LE COMTE, *agacé*. — Ah ! je vais me fâcher ! Laisse-moi lire, tiens. Où sont les journaux ?

LA COMTESSE. — Je ne les ai pas. Ils doivent être dans ta chambre. Lis-tu le feuilleton de la *Gazette de France*... signé : Un ancien zouave pontifical ?

LE COMTE. — Jamais de ma vie. Pourquoi ?

LA COMTESSE. — Parce qu'il est un peu osé. Il y a des peintures...

LE COMTE. — Tu m'étonnes tout à fait. Maintenant, je sais bien... qu'à cette époque incroyable où nous vivons... tout se relâche ! (*Il regarde au dehors.*) Ta ! ça y est. Voilà la pluie.

LA COMTESSE. — Salomon va être content pour ses fraises.

LE COMTE. — Il n'aura pas besoin d'arroser aujourd'hui, le flemmard ! Oh ! comme jardinier, celui-ci, il est complet !

LA COMTESSE. — C'est un brave homme !

LE COMTE. — Heureusement ! Sans ça, il y a longtemps que je l'aurais balancé.

LA COMTESSE. — A propos, tu sais qu'il fait partie de l'orphéon, à présent ?

LE COMTE. — Salomon ? C'est fou ? Il fait partie de la fanfare du bourg ?

LA COMTESSE. — De la « Lyre Gobervilloise », parfaitement.

LE COMTE. — Mais il ne sait pas une note de musique ?

LA COMTESSE. — Pas une.

LE COMTE. — De quoi joue-t-il ?

LA COMTESSE. — De rien !

LE COMTE. — Alors ?

LA COMTESSE. — Il porte la bannière.

LE COMTE. — Tu m'en diras tant ! Oh ! mais, pleut-il ! pleut-il !

LA COMTESSE. — Ça va peut-être empêcher le curé de venir ?

LE COMTE. — Parles-tu sérieusement ?

LA COMTESSE. — Mais...

LE COMTE. — Notre curé ? l'abbé Terreau... il n'y a pas de cataracte ni d'ouragan capables de l'empêcher de venir dîner. Je le connais, je l'ai pénétré. C'est un sensuel !

LA COMTESSE. — Lui ! le pauvre homme ! Peux-tu dire !

LE COMTE. — Mais oui... mais oui... Ah ! Ça n'est pas François Ier, parbleu !... Mais... enfin je m'entends... la cuisine du château ne lui fait pas peur. Non, mais regarde-moi cette ondée ?

LA COMTESSE. — Ça me rend toute triste.

LE COMTE. — Ça ne te change pas.

LA COMTESSE. — La pluie me rappelle le passé.

LE COMTE. — Moi, je n'ai pas besoin qu'il pleuve pour me le rappeler... et le regretter.

LA COMTESSE. — Moi, le dimanche est un jour où je pense davantage que je suis vieille.

LE COMTE. — Te souviens-tu, petite biquette, que c'est un dimanche que j'ai demandé ta précieuse main à ton oncle et à ta tante ?...

LA COMTESSE. — Oui, je n'avais plus mes parents...

LE COMTE. ... Qu'ils me l'ont refusée, ta précieuse main... les misérables !

LA COMTESSE. — Oh ! Louis !

LE COMTE. — Que toi, tu voulais bien de moi... que tu brûlais... mais eux qu'ils ne brûlaient pas du tout... et alors...

LA COMTESSE. — ...Que le dimanche suivant... Dieu !

LE COMTE. — Je t'ai enlevée, ma vieille bonne. Comme une plume.

LA COMTESSE. — Oui !... J'en ai honte aujourd'hui.

LE COMTE. — Pas moi, nom d'un chien !

LA COMTESSE. — C'est incroyable...

LE COMTE. — Ça se passait le 15 mai 1855.

LA COMTESSE. — Tu avais des gants mauves.

LE COMTE. — A la bonne heure. Tiens ? Il ne pleut plus. A parler de ça, nous avons ramené le beau temps.

LE DOMESTIQUE, *annonçant.* — Madame la comtesse, c'est monsieur le curé.

LE COMTE, *à sa femme.* — Qu'est-ce que je disais ? Et il arrive en avance, encore! Sensuel! Sensuel!

LE CURÉ. — Madame la comtesse.. Monsieur le comte.

LE COMTE. — Bonjour, mon curé.

JE T'AI ENLEVÉE, MA VIEILLE BONNE.

LE COMTE. — C'est pourtant vrai ! Je les ai retirés.

LA COMTESSE. — Tais-toi. Il n'y a pas à dire, nous avons eu notre roman... Si on pouvait écrire l'histoire de notre mariage... non !

LE COMTE. — Ça ne serait pas ennuyeux, tu sais ?

LA COMTESSE. — Mais parfois un peu... sur l'oreille.

LE COMTE. — Comme la machine de l'ancien zouave pontifical ? Enfin, peu importe, ça serait à refaire, vois-tu, que je le referais. Et toi ?

LA COMTESSE. — ...Je crois que oui.

LA COMTESSE. — Mais vous dégouttez !

LE CURÉ. — Un peu... Oui... J'ai négligé de prendre mon parapluie... Aussi ai-je subi, madame la comtesse, les justes conséquences de ma distraction. Toute l'averse à partir du carrefour des Trois-Couteaux...

LE COMTE. — Allez vous sécher à la cuisine, mon curé... tout de suite !

LE CURÉ. — Merci, monsieur le comte, ce ne sera rien. Et puis, comme me l'a dit notre précédent évêque, monseigneur Soufflet, un jour que Sa Grandeur, au cours d'une tournée diocésaine, avait reçu assez fortement l'eau du ciel :

« Cela trempe, mon cher fils. » Il faisait un calembour. Nous en rîmes longtemps au séminaire.

LE COMTE. — Je comprends ça. Mon curé, vous tombez chez des gens abattus.

LE CURÉ. — Abattus ! pour quelle raison ?

LE COMTE. — Cette coquine de vieillesse que nous ne pouvons pas arriver à digérer, ma femme et moi. Surtout ma femme.

LE CURÉ. — Oh ! se peut-il que vous, madame la comtesse, qui avez l'esprit de renoncement...

LA COMTESSE. — Il se peut, mon pauvre abbé.

LE COMTE. — Et alors, nous nous révoltons. Vous avez devant vous des Satan, des Lucifer !

LE CURÉ. — Non ? Vous ne parlez point pour de bon ? Vous vous faites un jeu ?...

LE COMTE. — Pas le moins du monde. Il y a des jours, spécialement le dimanche, où nous souffrons comme quatre et où notre âme ne sait plus où se fourrer. Ma pauvre femme, ça se traduit chez elle par des soucis funèbres. Elle ne pense qu'à sa mort.

LE CURÉ. — Sainte pensée ! Le souhait d'une bonne mort...

LE COMTE. — Taisez-vous, mon curé. Il n'y a pas de bonne mort, il n'y a que la mort, toute crue, et c'est une laide chose...

LE CURÉ. — Que dites-vous là, mon cher comte ? En auriez-vous peur ?

LE COMTE. — Carrément, l'abbé. Une peur bleue.

LE CURÉ. — Et comment pouvez-vous en avoir peur, puisque vous ne la connaissez pas ? Pour la craindre, il faudrait en être revenu.

LE COMTE. — Vous êtes amusant mon curé ! Eh bien, je vous disais, ma femme, c'est donc ça... l'idée du trépas.

LE CURÉ. — Sainte idée !

LE COMTE. — Non. Moi, c'est une autre paire de manches. C'est le regret de ma jeunesse... avec tous ses accessoires. Quand je me emémore que j'ai enlevé la comtesse, ici présente...

LE CURÉ. — Sainte Vierge ! C'est donc vrai ? Le bruit m'en était parvenu...

LE COMTE. — Tout ce qu'il y a de plus vrai.

LA COMTESSE. — Mais nous nous sommes mariés huit jours après.

LE CURÉ. — Comme c'était tard !

LE COMTE. — Oui, nous avions perdu du temps en route... Quand je me rappelle que j'ai eu un conseil judiciaire, que j'ai joué, nocé, que je me suis battu onze fois.

LE CURÉ. — A la guerre ?

LE COMTE. — En duel, mon curé.

LE CURÉ. — Ah ! sur ce point, l'Église...

LE COMTE. — Oui, je sais... je la connais... Quand je pense donc que j'ai fait tant de choses !

LE CURÉ. — De vilaines choses.

LE COMTE. — Et parbleu, oui. Mais qui en valaient la peine tout de même, et puis que je me retrouve ici, à Goberville, au château de mes pères, dans un fauteuil de vieux monsieur, en face de vous pour tout visage de jolie femme, eh bien, que voulez-vous, mon curé, ça m'est très dur, je ne vous le cache pas.

LE CURÉ. — Oui ! hélas ! Que pense madame la comtesse de ces vains propos ?

LA COMTESSE. — Je ne les approuve pas.

LE CURÉ. — A la bonne heure. *Deo gratias*.

LA COMTESSE. — Mais je les comprends ! Et puis, malgré toutes ses calembredaines, il a été un mari parfait ; il m'est toujours revenu.

LE COMTE, *au curé.* — Ah ! ah ! Vous l'entendez, mon curé ? Enfin, vous venez dîner avec nous ? C'est très gentil.

LE CURÉ. — J'ai grand plaisir à rompre ici le pain de l'amitié.

LE COMTE. — Mais oui, mon curé, et vous le rompez joliment !

UN VALET DE CHAMBRE, *entrant.* — Monsieur le curé...

LE CURÉ. — Qu'y a-t-il ?

LE VALET DE CHAMBRE. — On vient vous querir de la ferme des Berteaux.

LE COMTE. — Ah! Ah!

LE VALET DE CHAMBRE. — Pour la mère à maître David.

LE CURÉ. — Serait-elle en état alarmant ?

LE VALET DE CHAMBRE. — Le garçon de charrue est là qui dit qu'elle est près de passer, qu'elle veut la suprême onction.

LE CURÉ. — Dites que j'y vais.

LE COMTE. — Sans dîner ?

LE CURÉ. — Dieu me l'avait donné. Dieu me le reprend.

LE COMTE. — Que son saint nom soit béni! Mais c'est à une lieue, la ferme des Berteaux ?

LA COMTESSE. — Et il ne va pas tarder à faire nuit.

LE CURÉ. — Bien le bonsoir, monsieur le comte.

LE COMTE. — Je vais dire qu'on attelle.

LE CURÉ. — Inutile. Je connais les chemins.

LE COMTE. — Mais cependant... vous seriez rendu plus vite.

LE CURÉ. — Guère. Et puis, Notre-Seigneur ne veut point pénétrer chez l'humble en riche équipage.

LE COMTE. — Et si la bonne femme part avant que vous arriviez ? Ah !

LE CURÉ. — Cela est impossible ; j'aurai le bon Dieu sur moi! Seulement, si on le permet, j'oserai demander à l'office un parapluie.

LA COMTESSE. — On va vous en donner un.

LE COMTE. — A dimanche prochain, alors ?

LE CURÉ, *qui s'en va.* — Oui... Peut-être. Voilà quinze ans que je la connais, cette mère David! C'était une vaillante ménagère...

LE JOUR DU SEIGNEUR

BARON DE SAVOLLES, 57 ans.
BARONNE DE SAVOLLES, 48 ans.
JEANNE DE SAVOLLES, 17 ans.
RENÉ DE SAVOLLES, 22 ans.

En mai. Vers les midi un quart. On vient de finir de déjeuner. Le baron parcourt les journaux. La porte du salon où il se trouve est grande ouverte et donne sur la chambre de la baronne qu'on entend aller et venir et parler avec sa fille.

LE BARON. — Allons ! allons ! Ne bavardez pas tant que ça. Vous allez vous mettre en retard pour la messe.

LA BARONNE, *de sa chambre.* — N'ayez pas peur, mon ami.

JEANNE, *de la chambre de sa mère également.* — A quelle messe va-t-on ?

LE BARON. — Midi et demi.

JEANNE. — Oh ! pas mèche !

LA BARONNE. — C'est impossible !

LE BARON. — Ne me dites pas ça ! Vous avez encore sept minutes. Saint-Philippe est à deux pas.

LA BARONNE. — Je vous répète que c'est impossible. Je suis à moitié nue.

JEANNE. — Mais oui, maman, nous irons à celle de une heure. Elle est aussi bonne que l'autre.

LE BARON. — Comme vous voudrez. Mais si vous n'êtes pas prêtes pour une heure...

LA BARONNE. — Nous serons prêtes.

LE BARON. — ...Et que vous manquiez la messe comme ça vous est arrivé, il y a quinze jours, vous me contrarierez beaucoup !

JEANNE. — Puisqu'on te dit qu'on ne la ratera pas ! Mais en as-tu une tête !

LE BARON. — Je tiens énormément à la messe.

JEANNE. — Moi aussi. J'ai le cotillon de jeudi à promettre, en sortant, à monsieur de Coutances.

LA BARONNE, *à sa fille.* — Où Célestine a-t-elle fourré mon jupon mauve ? Sonne-la.

LE BARON. — Moi, je vois la messe à un point de vue... comment dirai-je ?...

JEANNE. — Ne le dis pas. Tu nous mets en retard.

LE BARON, *qui parle tout en parcourant son journal.* — Un point de vue, je dirai... social... Quand on est d'une certaine classe... Ainsi... Dieu merci, je ne suis pas un saint, je ne me fais pas meilleur que je... Tiens !... on donne *Amphitryon* mardi à l'abonnement ? A la bonne heure !... Eh bien... ah oui, je disais... la messe... Eh bien, sans être un rigoriste, jamais je ne manque d'aller à la messe le dimanche... Et à ma paroisse ! Je me le dois... à ma situation... à mon nom... baron de Savolles... Comprenez comment je le dis ?... mais l'église, pour nous autres, c'est encore le dernier refuge... du bon ton, le dernier salon...

JEANNE. — Où l'on cause !

LE BARON. — Jeanne, je n'aime pas ce manque de respect sur de pareils sujets, tu m'entends.

JEANNE. — Oui, mon doux père.

LE BARON. — Je ne suis pas un imbécile ; je me connais. J'affirme qu'aller à la messe, régulièrement, ponctuellement, c'est une force, une grande force. On vous y voit. Eh bien ! est-ce fini, ce harnachement ?

JEANNE. — Ça se tire ! Ça se tire !

LE BARON. — Vous savez qu'il est une heure moins le quart ?

LA BARONNE. — Nous avons tout le temps. Et puis, j'ai horreur d'arriver avant le spect..., avant que ça soit commencé.

JEANNE. — D'ailleurs, tu sais, petit père... jusqu'à l'évangile, la messe, ça ne compte pas... c'est pour les petits bancs. Pourvu qu'on arrive juste à l'évangile, on est en règle. (*Elle entre.*) Là. Me voilà ficelée.

LE BARON, *admiratif.* — Pristiche !

JEANNE. — Suis-je réussie ? Obtenue ? D'attaque ?

LE BARON. — Tu n'es pas mal.

JEANNE. — Fier de ta fille, alors ? Bien coiffée ? Bien juponnée ?... Nous ne passerons pas inaperçus à l'entrée ?... Et nous produirons une vive sensation à la sortie? Hé?

LE BARON. — Je le crains.

JEANNE. — Embrasse. T'es en or.

LE BARON. — Mais que fait ta mère?

JEANNE. — Elle se combine. Elle est plus coquette que moi, tu sais?

LE BARON. — Et ton frère?

JEANNE. — Oh! lui, il doit être à l'écurie.

LE BARON. — Je compte bien qu'il va venir avec nous?

JEANNE. — Le voilà. (*René entre.*)

RENÉ. — Bonjour. Eh ben? Qu'est-ce qu'on fabrique?

LE BARON. — Mais... on va à la messe, mon enfant.

RENÉ. — Ah! c'est là qu'on se rue?

LE BARON. — Sans doute.

RENÉ. — A Philippe?

LE BARON. — Mais oui... à Saint-Philippe... Pourquoi cette figure? Tu sais que je tiens essentiellement à la messe.

RENÉ. — Oui... Ça ne te ferait rien, dis-moi, si j'allais à Honoré... au lieu de Philippe?

LE BARON. — Hein? quoi?

RENÉ. — Honoré... Honoré d'Eylau...

LE BARON. — Ah! Saint-Honoré d'Eylau. Perds donc cette façon d'argot... que tu as prise.

RENÉ. — C'est notre petit patois. Alors, ça colle?

LE BARON. — Non. Ça ne colle pas. Je préfère que tu ailles à ta paroisse.

RENÉ. — Parce que... voilà... Gaspard vient d'atteler... Je prends le phaéton. Et alors, comme je bondis à Auteuil et qu'Honoré se trouve sur mon chemin... je m'y aurais déposé dix minutes... Comprends-tu, le temps de recueillir un bout de *vobiscum*, et puis je m'aurais pas mis en retard pour les dadas!...

LE BARON. — Tra, la, la! Tu ne t'arrêterais pas le moins du monde à Saint-Honoré. Non. Tu peux très bien venir avec nous et aller après à Auteuil.

RENÉ. — C'est ta sainte volonté?

LE BARON. — Oui, mon enfant.

RENÉ. — Ainsi soit-il. Mais t'es pas chic. Seulement, dame, dans ce cas, qu'on s'excite, qu'on se galvanise. Qu'est-ce qu'on attend? Que Jeanne soit mariée?

JEANNE. — Je le serai avant toi, va!

RENÉ. — J'y compte.

JEANNE. — Et puis, qu'est-ce que tu as à me regarder en claquant de la langue?

RENÉ. — Je pense que tu vas donner des distractions aux voisins.

JEANNE. — Tant mieux pour eux. Ah! mon livre que j'oubliais! Mes petites Heures en maroquin! (*Elle prend sur un meuble un vieux livre richement relié. A son frère.*) Tu n'en prends pas, toi?

RENÉ. — Sûr. Et toi, je me demande pourquoi tu t'embarrasses de ce bouquin. Tu ne l'ouvriras même pas.

JEANNE. — Je le prends pour la reliure, qui est épatante, aux armes de la Dubarry, avec la devise : *Boute en avant!*

RENÉ. — Eh ben, boutons! Nous sommes là qu'on s'enracine! C'est idiot.

LE BARON. — On guette ta mère. Mais qu'est-ce qu'elle fait? Va donc voir, Jeanne.

RENÉ. — Elle prend un bain. C'est pas possible!

LA BARONNE. — Me voilà, mon Dieu! Vous ne direz pas que j'ai été longue? Vous m'avez bousculée. Je suis malade.

LE BARON, *qui la regarde.* — Je n'aime guère ce chapeau.

LA BARONNE. — L'autre jour, tu l'as trouvé ravissant.

LE BARON. — Pas pour l'église. C'est un chapeau profane.

LA BARONNE. — Je mets ce que j'ai de mieux pour honorer le Seigneur.

RENÉ. — Mais oui, maman, tu es une sainte. Ah çà ! démarre-t-on ?

LE BARON. — Une heure qui sonne. Nous arriverons en retard !

JEANNE. — Pleure pas.

RENÉ. — Nous débûcherons pour l'évangile.

LA BARONNE, *à son mari.* — Où vas-tu, en sortant de l'église ?

LE BARON. — Voir l'exposition de la galerie Puttokoff à la salle Petit.

LA BARONNE. — Ça ne m'amuse pas. J'irai faire des visites avec Jeanne. (*A son mari.*) As-tu pensé comment tu placeras, demain soir, ton monde à table ? Où mettras-tu la duchesse ? Et la marquise de Lalanproie ? Et la vieille baronne de Bombe ?

LE BARON. — J'hésite... Je vais y songer pendant la messe. Partons, mes enfants ! Partons !

Le baron et la baronne sortent les premiers.

RENÉ. — Minute. (*Il regarde le revers de sa redingote.*) J'ai ma boutonnière ? Oui.

JEANNE. — Bleue et blanche.

RENÉ. — Aux couleurs de l'écurie Garonnette... Gants... ma canne... lorgnette...

JEANNE. — Tu l'emportes à l'église ?

RENÉ. — Mais oui. Ficherai dans le fond de mon chapeau... ou bien en bandoulière au prie-Dieu. Là. (*Dernier regard à la glace.*) Très mimi ! Et maintenant...

JEANNE. — Hop ! famille chrétienne !

AUX CHAMPS

LE VIEUX, 75 ans.
LE CYCLISTE, 30 ans.

En Anjou, plein été, trois heures de l'après-midi. Le cycliste s'est arrêté devant une belle ferme... Il est entré en tenant sa machine à la main, a traversé la cour déserte, où seul un veau s'est mis à mugir, puis il s'est approché du principal bâtiment, a poussé une porte, et là, dans une grande pièce, il a vu un vieillard assis près de la cheminée, immobile et seul.

LE CYCLISTE. — Pardon de vous déranger, monsieur. Mais est-ce que je pourrais me reposer un peu et me rafraîchir?

LE VIEILLARD. — Ça n'est point ici un débit de boissons.

LE CYCLISTE. — Excusez-moi.

(*Fausse sortie.*)

LE VIEILLARD. — Restez. Je ne disais pas ça par offense. Asseyez-vous. Je vous offrirai à boire de bonne volonté.

LE CYCLISTE. — Je ne veux pas...

LE VIEILLARD. — Mais moi je veux. Vous êtes chez moi et je suis le maître pour l'instant, puisque je suis tout seul.

Qu'est-ce que vous désirez boire? J'ai du bon lait.

LE CYCLISTE. — Donnez-moi du lait. (*Le vieillard se lève, prépare une tasse, va chercher le lait, le verse. Puis il se rassoit. Le cycliste se délecte.*) Fameux! Et c'est à vous, cette ferme?

LE VIEILLARD. — A moi et à mes enfants. Mais elle ne nous appartient pas.

LE CYCLISTE. — Comment ça?

LE VIEILLARD. — C'est bien à nous pour être les fermiers, mais ce n'est pas notre bien. C'est à monsieur le marquis de Frossay.

LE CYCLISTE. — Un bon patron?

LE VIEILLARD. — Ni bon ni mauvais. On ne sait point. C'est un jeune qui n'est jamais venu. Reste à Paris.

LE CYCLISTE. — Combien avez-vous d'enfants?

LE VIEILLARD. — Trois grands fils, David, Désiré, Lucas.

LE CYCLISTE. — Bravo. Alors, vous êtes content?

LE VIEILLARD. — Dame non.

LE CYCLISTE. — Avec une si belle ferme?

LE VIEILLARD. — L'était ben plus belle, dans le temps du temps. Aujourd'hui, c'est plus ça, la ferme. Et tout, d'ailleurs. C'est fini de vivre. Aut'fois, on était... réglementaire, comprenez? Maintenant, on n'est plus.

LE CYCLISTE. — J'entends. Vous n'êtes pas pour le progrès?... les temps modernes?...

LE VIEILLARD. — Ah! Dieu non! Tout ça, c'est du malheur.

LE CYCLISTE. — Vos fils sont mariés?

LE VIEILLARD. — Deux. Et mes brus ne me donnent pas joie.

LE CYCLISTE. — Ils prendront la ferme après vous?

LE VIEILLARD. — Ah! ben, oui! Ça les dégoûte, qu'ils disent. Ils crachent sur la terre.

LE CYCLISTE. — Mais, qu'est-ce qu'ils veulent faire?

LE VIEILLARD. — Des messieurs, pas des paysans. Ils rougissent des bestiaux. Ça vous a pris le goût du plaisir à la caserne en faisant son temps, et ça veut après garder sa moustache... au lieu de se raser, comme moi, comme un vrai de la terre... Mon aîné David n'a qu'une envie, c'est d'être facteur, porter des papiers dans une boîte. Ah! là là! et l'autre, Désiré, de devenir employé de chemin de fer... Je vous demande un peu... c'est-il du propre?

LE CYCLISTE. — C'est peut-être pour gagner davantage?

LE VIEILLARD. — N'y a bien assez ici de quoi glaner. Ah! de mon temps, monsieur... Mais à quoi bon? Tout ça ne vous émeuve point...

LE CYCLISTE. — Vous vous trompez. Allez donc? ça m'intéresse beaucoup.

LE VIEILLARD. — Eh ben, monsieur, de mon temps, c'était tout l'opposé de nos jours. Ah dame, oui. Du haut en bas. On était... réglementaire, comprenez? On avait des meubles travaillés par de bons ouvriers du pays, avec du bois fameux. Moi que je vous parle, j'ai encore ma chambre telle que je l'ai héritée de mon père, oui, monsieur, qui l'avait reçue du sien, le lit à colonnes, la table et la huche, tout ça solide pour l'éternité. A présent, ils n'en veulent plus. Leur faut un buffet, une table ronde avec des allonges! et une lampe qui pend du plafond comme chez les bourgeois! Mon aîné me fait des raisons et pourquoi? Vous ne devineriez pas? Pour avoir un salon, des chaises en acajou. C'est la folie de la dépense, monsieur.

LE CYCLISTE. — Ils ont donc de l'argent ?

LE VIEILLARD. — Oui et non. C'est-à-dire qu'ils en ont des fois. Par des mauvais moyens.

LE CYCLISTE. — Comment ça?

Et s'il n'y avait que ça... mais tout a changé, tout, je vous dis, que ça en est comme diabolique! Du vivant de mon grand-père et même de mon père, on faisait soi-même son pain; aujourd'hui, on aime mieux acheter un sale pain, mal

L'ÉTAIT BEN PLUS BELLE, DANS LE TEMPS DU TEMPS.

LE VIEILLARD. — Savez-vous où ils sont, aujourd'hui dimanche, mes trois fils et mes deux brus? Eh bien, ils sont aux courses. Y a des batailles de chevaux à la ville. Ils y vont tous les ans. Et puis en dehors, ils jouent aussi à celles de Paris. Ils ont des correspondances... Ah! quel bon Dieu de malheur!

cuit, où y a de tout, excepté de la farine, et qui n'a pas le poids. La viande aussi. Jadis, on ne savait point ce que c'était que d'aller à la boucherie. On engraissait un porc, on fumait les jambons. Avec des poulets et des canards, le lait et les œufs, ah! on vivait comme Mathusalem! Aujourd'hui, ces messieurs de la campagne veulent de la viande fine. Mon aîné, David, se croirait un manant s'il avalait une bouchée de cochon ; lui faut du bœuf! Et mes brus se font parer des côtelettes d'agneau. Et puis, le café, les liqueurs, les absinthes, les amers, toutes les saletés qui empoisonnent le monde! Même chose pour l'habillement et le linge. Autrefois, on faisait son linge et même ses vêtements à la maison ; les femmes filaient l'hiver, y avait des petits tisserands qui connaissaient bien joliment leur affaire... Cette culotte que j'ai, là, tenez, sauf respect, elle en vient, monsieur... maintenant, on va querir dans des grands magasins, des habits tout faits qui ne durent pas plus qu'une toile d'araignée. Ah ! ah ! je ne vous chagrine point?

LE CYCLISTE. — Mais non. Tout ce que vous me dites me paraît vrai.

LE VIEILLARD. — A la bonne heure, alors, si vous pensez comme moi! Vous avez l'air bien capable, d'ailleurs. Ah! je ne m'arrêterais pas si je voulais énumérer tout le mal... C'est comme la moisson. Tenez !...

LE CYCLISTE. — Vous avez du beau blé dans le pays. J'ai vu ça.

LE VIEILLARD. — Pardi, sans doute il n'est pas vilain. Mais on le gâche, on le perd. V'là qu'y a des batteuses à présent! Des machines de sauvages! Ah! quand je pense, moi, que je me rappelle dans ma petite enfance, on coupait le blé à la faucille, monsieur... à petites poignées...

LE CYCLISTE. — Comment, la faux...

LE VIEILLARD. — Eh! la faux, monsieur, ce n'est que pernicieux !... c'est le progrès moderne! Savez-vous d'où ça vient la faux, monsieur? Ça vient de ceux qui voulaient frauder en faisant la moisson. Ils allaient plus vite, ils avaient fini plus tôt et ils touchaient la même paye. Mais le blé coupé à la faux ou celui tranché à la faucille, ça ne se ressemble pas plus que Noël et la Saint-Jean. Vous n'allez pas me croire peut-être ben, monsieur? Mais du pain qu'a été fait avec du blé coupé à la faucille... ça se sent rien qu'au goût... sur la langue.

LE CYCLISTE, *incrédule.* — Oh !

LE VIEILLARD. — Oui, monsieur!... Mon père le disait. Et s'y connaissait. (*Il fait le signe de la croix.*) Que le bon Dieu l'y soit propice. Ah ! on est bien tourmenté de vivre, allez, monsieur, quand on n'est plus jeune et qu'on a mes âges. On est comme une curiosité de la foire pour ses enfants, et je ne comprends rien non plus à ce qui leur agrée. Plus les mêmes goûts, les mêmes plaisirs, les mêmes croyances. Plus rien de pareil. Les paysans de ce temps-ci, c'est tout citadins. Vont à la grande Exposition, quand y en a. Moi, celle de 89, j'ai jamais voulu y mettre les pieds. Ça ne me regarde point, c'est pas pour moi. Vous l'avez vue, vous?

LE CYCLISTE. — Un peu, oui.

LE VIEILLARD, *narquois.* — M'ont dit qu'y avait là une tour. C'est-il ben vrai?

LE CYCLISTE. — Oui, oui.

LE VIEILLARD. — C'est possible. Moi, je ne quitte pas ma terre. J'ai soixante-seize à Saint-Thomas. Jamais je ne l'ai quittée depuis que j'y suis né. Toujours je reste ici; mais c'est le dimanche que je suis le plus aise, parce que n'y a personne. Je vais le matin à l'église. Et tenez, monsieur, le bourg a huit cents âmes. Nous sommes trois hommes seulement qu'on voit à la messe. Tous païens, à présent, et révolutionnaires. Les gars ne respectent plus leurs parents ; les filles font la faute aussitôt qu'elles ont à peine l'âge, et jusqu'à not' curé qui va-t-à cyclette! C'est peut-être ben la fin du monde?

LE CYCLISTE. — Mais non. Ça n'est que le commencement.

LE VIEILLARD. — Tant pis donc. Je verrai point la suite.

LE CYCLISTE. — Et qu'est-ce que je vous dois?

LE VIEILLARD. — Rien que le plaisir.

LE CYCLISTE. — Merci. Donnez-moi la main. Vous êtes un brave homme. Par où faut-il que j'aille pour gagner Ouzicourt?

LE VIEILLARD. — Tout droit... par là... Réglementaire.

PROVINCE

MADAME DOUBLEAU, 50 ans.
NOÉMIE DOUBLEAU, 20 ans.
RENÉE DOUBLEAU, 26 ans.

La chambre à coucher de madame Doubleau. Les deux filles sont assises. Madame Doubleau tripote dans ses tiroirs de commode. Il fait gris. Journée d'automne.

NOÉMIE. — Où est papa ?

MADAME DOUBLEAU. — Au cercle.

RENÉE. — Quand rentrera-t-il ?

MADAME DOUBLEAU. — Oh! pas avant d'avoir fait sa partie. Et ces messieurs n'arrivent aux Chasseurs que très tard, vers les cinq heures. Renée, tu n'as pas vu mon petit fichu de laine ?

RENÉE. — Lequel ?

MADAME DOUBLEAU. — Beige, que ton père m'a rapporté des Pyrénées. Je ne peux pas mettre la main dessus. (*Aux enfants.*) Aidez-moi, voyons ? Vous êtes là comme deux mortes.

NOÉMIE. — Mais non, maman.

RENÉE. — On pense.

MADAME DOUBLEAU. — A quoi ?

RENÉE. — A rien. On pense que c'est dimanche.

MADAME DOUBLEAU. — Sans doute, mes petites filles, c'est dimanche. Avez-vous remarqué, ce matin, à Saint-Porcheron ?

NOÉMIE. — Non. Quoi ?

MADAME DOUBLEAU. — L'abbé Leture...

NOÉMIE. — Eh bien ?

MADAME DOUBLEAU. — Vous n'avez

pas... Il avait ma chasuble, avec des œillets mignardise...

RENÉE. — Ah !

MADAME DOUBLEAU. — Mais oui... Celle que je lui ai brodée l'an passé pour sa nomination de chanoine. Vous ne voyez donc rien à l'église ? Qu'est-ce que vous y faites ?

NOÉMIE. — Nous prions, maman.

MADAME DOUBLEAU. — Sans doute. Moi aussi. Ça n'empêche pas d'observer. Il engraisse, l'abbé.

RENÉE. — Je ne trouve pas.

MADAME DOUBLEAU. — Je te demande pardon. Il engraisse beaucoup. Il est presque aussi gros que ta tante Valérie. Ça lui va bien d'ailleurs. Avant, il avait l'air d'un fifre. Maintenant, pour sa santé, je ne sais pas jusqu'à quel point... Enfin, c'est son affaire. *(Elle met la main au fond d'un tiroir sur le fichu.)* Ah! le voilà! Il n'y a rien de plus commode que ces petits lainages-là ! C'est léger, léger. Et ça tient chaud comme une caille. Oh! il y a déjà longtemps que je l'ai. Votre père me l'a rapporté en sept... huit... en quatre-vingt-douze. Il est comme neuf. Là. Eh bien, qu'est-ce que vous faites de votre dimanche, vous, mes enfants ?

NOÉMIE. — Ce que tu voudras, maman.

RENÉE. — Ce que tu voudras, petite mère.

MADAME DOUBLEAU. — Avez-vous une idée ?

RENÉE. — Non, maman.

NOÉMIE. — Et toi ? En as-tu une pour nous ?

MADAME DOUBLEAU. — Oh ! ce que vous voudrez, mes petites filles. Il y a une chose pourtant qui serait très bien ? Ce serait d'aller voir notre oncle Arsène.

RENÉE. — On y a été dimanche dernier.

MADAME DOUBLEAU. — Ça ne fait rien. Votre tante a son lumbago. Ce sera une gentille attention. Faites donc ça. Justement aujourd'hui, vous rencontrerez votre cousin Léon. Il a congé.

NOÉMIE. — Léon ne nous aime plus depuis qu'il est au lycée.

MADAME DOUBLEAU. — Des bêtises ! Allez voir votre oncle. Vous le trouverez sûrement. Il ne sort jamais. Ne prenez pas par la rue de l'Hospice. On dit qu'il y a des typhoïdes. Vous lui rappellerez qu'il dîne mardi, qu'il y aura du rôti de porc et des douillons. Dès qu'Annette sera revenue des vêpres, je vais lui dire qu'elle vous accompagne.

RENÉE. — Ça nous ennuie bien, maman.

NOÉMIE. — Dame, oui !

MADAME DOUBLEAU. — Mes enfants, je ne vous comprends pas. C'est votre oncle. Il vous aime beaucoup, toutes les deux. Il vous a donné pour vos chambres, au premier de l'an, deux ravissantes garnitures de toilette.

NOÉMIE. — Je sais bien que, moi, j'aurais préféré autre chose.

MADAME DOUBLEAU. — Ce sont des étrennes utiles. Il a très bien fait. Et tante Valérie aussi est bonne. Elle a son lumb... Enfin, ça ne vous va pas, n'en parlons plus. Il vaut mieux ne pas faire les choses que de les faire de mauvaise grâce. Vous irez dimanche prochain, voilà tout.

NOÉMIE. — Tu es gentille.

RENÉE. — Tu n'es pas fâchée ?

MADAME DOUBLEAU. — Mais non. Seulement je veux que vous soyez pleines de déférence pour votre oncle et votre tante, parce que...

LA RUE DE L'HOSPICE.

RENÉE. — Mais oui, maman.

NOÉMIE. — Mais oui.

MADAME DOUBLEAU. — Alors, que faites-vous ?

NOÉMIE, *avec explosion.* — Si on allait voir madame de la Beuvrière?

MADAME DOUBLEAU. — A Court-Lépinay ?

RENÉE. — Oui. Oh ! oui. Elle est si gaie !

MADAME DOUBLEAU. — Mais c'est à deux lieues !

NOÉMIE. — On passerait chez Godiveau, on lui commanderait pour trois heures la calèche verte.

RENÉE. — ... On dirait qu'il mette des grelots aux chevaux. Ça serait amusant !

MADAME DOUBLEAU, *sérieuse.* — Mais, êtes-vous sûres de trouver madame de Beuvrière ?

RENÉE. — Oui. Oh! aujourd'hui elle y sera.

MADAME DOUBLEAU, *glacée.* — Tu n'en sais rien. Et puis Godiveau prend quinze francs pour la calèche. Ça n'est guère raisonnable. Et, j'admets encore que vous la trouviez, qu'est-ce que vous ferez chez madame de la Beuvrière ?

RENÉE. — Oh! on ne s'ennuie pas avec elle. Elle vous raconte des histoires... du temps de sa jeunesse... Elle est drôle... Elle a des mots...

MADAME DOUBLEAU. — Oui. Elle est même parfois un peu légère dans son langage. Elle est très vieille aujourd'hui... C'est une relation de votre père. D'ailleurs ses cheveux blancs couvrent tout... Mais enfin, cette bonne madame de la Beuvrière... il ne faudrait pas trop creuser... *(D'un air réservé.)* On raconte... *(Se ravisant.)* Mais non, vous êtes encore trop jeunes...

NOÉMIE. — Oh! non, maman. Dis.

RENÉE. — Dis ce qu'on raconte.

MADAME DOUBLEAU, *indulgente.* — Eh bien ! on raconte qu'elle a travaillé dans le temps le piano au Conservatoire, à Paris... là!

NOÉMIE. — Ah !

MADAME DOUBLEAU. — Et qu'elle aurait une fois joué devant l'Empereur... à un concert. Et alors, dame... les compliments... dans le monde artiste...

RENÉE. — Oh !

MADAME DOUBLEAU. — Tout ça se passait bien avant son mariage avec monsieur de la Beuvrière. Ça n'est pas bien grave, évidemment. Cependant, j'aime mieux que vous n'y alliez pas toutes seules... Comprenez-vous?... dans l'intérêt de votre mariage...

NOÉMIE, *avec un soupir.* — Oh moi! mon mariage! Me voilà dans ma vingt-septième année !

MADAME DOUBLEAU. — Raison de plus pour redoubler de prudence. Et puis, tu te marieras assez tôt, va, ne t'inquiète pas. Monseigneur s'occupe de toi.

NOÉMIE. — Il y a déjà trois ans qu'il s'en occupe.

MADAME DOUBLEAU. — Ça prouve qu'il s'en occupe sérieusement.

NOÉMIE. — Il ne m'a jamais trouvé qu'un homme de quarante-deux ans, un monsieur Voulon, qui était chauve.

MADAME DOUBLEAU. — Il avait quinze mille livres de rente, avec les meilleures références. Et des dents magnifiques. Il avait d'abord songé à se faire prêtre.

NOÉMIE. — Justement, je ne veux pas pour mari d'un homme qui a eu l'idée de se faire prêtre. Ça me rendrait toute drôle quand il me donnerait le bras.

RENÉE. — Je pense comme toi. Je ne pourrais pas le regarder sans pouffer.

MADAME DOUBLEAU. — Laissons ça. L'affaire a manqué, n'en parlons plus. Prenez-vous l'air aujourd'hui ? Ne le prenez-vous pas ?

NOÉMIE. — Je ne sais guère.

RENÉE. — Faut-il ?

MADAME DOUBLEAU. — Hâtez-vous, mes enfants. Vous ne manquez pas de distractions, Dieu merci ! Vous pouvez aller à la musique.

RENÉE. — C'est déjà commencé.

MADAME DOUBLEAU. — A peine. Vous arriverez encore à temps pour attraper un ou deux galops.

RENÉE. — Si on allait se promener jusqu'à l'octroi ? et puis s'asseoir... à regarder les gens qui ont des choses à déclarer ?

NOÉMIE, *mélancolique.* — Ou ben, tout bonnement, descendre la rue de la République jusqu'à la Loire.

RENÉE, *résignée.* — Oui, si quelquefois il y avait des pêcheurs à la ligne ? Après, on reviendrait.

NOÉMIE. — Par l'autre trottoir.

RENÉE. — En chemin, on s'arrêterai. goûter chez Leloup.

MADAME DOUBLEAU, *ravie.* — Mais oui. Ça serait parfait.

NOÉMIE. — Je ne vois guère que ça qui nous sorte un peu de l'ordinaire!

MADAME DOUBLEAU, *avec élan.* — Que je suis bête ! Mais non... Il y a autre chose à quoi je ne pensais plus et qui va vous ravir !...

RENÉE. — Quoi ?

MADAME DOUBLEAU. — Voilà. C'est au musée.

NOÉMIE. — Oh !

RENÉE. — Nous le savons par cœur !

MADAME DOUBLEAU. — Attendez donc. Vous ne savez rien du tout. Il y a une nouvelle salle... Ah ! Ah !

NOÉMIE. — Une nouvelle...

MADAME DOUBLEAU. — Depuis hier... avec des objets nouveaux... des plus curieux...

RENÉE. — Qu'est-ce que c'est ?

MADAME DOUBLEAU. — Des silex !... Une centaine de silex ! qui ont été trouvés à Saint-Étienne-en-Pont, par monsieur de la Pilaterie... à qui tu as tiré la

MONSIEUR VOULON.

langue, Renée ?... un jour que tu étais toute petite ? Tu ne te rappelles pas ? rue des Barils ?

RENÉE. — Non.

MADAME DOUBLEAU. — Ça vous va-t-il ?

NOÉMIE. — Pas énormément. Mais tout de même, si Renée y tient.

RENÉE. — J'aime mieux respirer dehors.

MADAME DOUBLEAU. — A votre aise. Amusez-vous comme vous l'entendez. Ne vous échauffez pas. Je vais prévenir

Annette. Mettez vos chapeaux, vos petits gants de fil. Moi, je devrais aller faire des visites. C'est le jour de la générale. Ma foi, tant pis, je ne bouge pas. Ah... j'oubliais... Voulez-vous être deux chérubins ?

NOÉMIE. — Oui.

MADAME DOUBLEAU. — C'est une petite commission. Si vous passez devant chez Facture, et qu'il soit ouvert, vous prendrez deux petits boudins blancs... pour déjeuner, demain matin. Votre père les adore... Bien enveloppés... une ficelle rose... on ne saura pas ce que c'est. On pourra croire que c'est de la mercerie. Là. Au revoir, mes choux, embrassez maman. Et surtout ne faites pas les folles !

PROMENADES

PAUL, 10 ans.
LOUIS, 12 ans.
JOSÉ, 13 ans.
LUCIEN, 15 ans.
M. TRICHE, 33 ans. Un peu gras, des longs cheveux, sous un claque.

Sur les quais, vers le Trocadero, les quatre garçons, sur un rang, traînent leurs souliers à clous en bavardant avec animation. M. Triche, le pion, marche derrière eux, morose et pensif comme tous les gardiens.

PAUL. — ... Moi, j'ai une sœur qui a des diamants... plein une commode !

LOUIS. — Moi, j'ai mon grand frère qui a toutes les décorations du monde entier.

JOSÉ. — Moi, mon père, une fois, dans une forêt, il a rencontré un voleur, la nuit. Le voleur a passé, sans rien lui dire.

LOUIS. — Moi, le mien, il a tué un éléphant.

JOSÉ. — Un éléph... ?

LOUIS. — Oui. Un gros.

JOSÉ. — Où ça ?

LOUIS. — Dans... dans ses voyages, donc.

JOSÉ. — Où a-t-il été, ton père ?

LOUIS. — Partout.

PAUL. — Moi, j'ai un château...

JOSÉ. — Moi, plus tard, j'en aurai deux. Avec des canons.

PAUL. — Eh ben, moi, papa et maman sont morts, là !

LUCIEN. — Vous dites tous des bêtises et des mensonges.

PAUL. — Non !

JOSÉ. — Mais non !

LUCIEN. — Allons donc ! Voyons ? Les diamants de ta sœur, Paul... l'éléphant de Louis... les châteaux... je sais bien que c'est pas vrai, tout ça ? Avouez?

PAUL. — Sans doute... y a un peu d'élastique.

JOSÉ. — On s'amuse.

LOUIS. — C'est pour avoir l'air d'être grands, tiens !

PAUL. — Faut bien dire des histoires... On conte des blagues parce que c'est dimanche.

JOSÉ. — Qu'on se promène... C'est vrai, de marcher... le grand air... ça fait inventer.

LUCIEN. — A la bonne heure !

LOUIS. — Et puis, ça distrait, ça remplace la famille... nous autres qui ne sortons pas.

JOSÉ. — C'est embêtant tout de même d'être lâché comme ça par son papa et sa maman !

LOUIS. — Qu'est-ce que tu veux y faire? Puisque nous avons des parents qu'habitent loin... qui mangent des gâteaux sans nous.

PAUL. — Dame ! il a raison... Faut bien se promener les dimanches de sortie avec monsieur Triche.

JOSÉ. — Not' gorille.

PAUL. — Tiens ! Regarde-le. Est-il assez laid.

LOUIS. — Il a un chapeau, mon vieux, qu'est beurré comme une tartine.

LUCIEN. — Il n'est pas méchant.

LOUIS. — Manquerait plus que ça !

PAUL. — Il n'a pas l'air de s'amuser plus que nous !

JOSÉ. — Ben. Il est difficile tout de même. Il peut faire de qu'il veut, lui, au moins... Se payer un journal, acheter un sucre d'orge.

LOUIS. — Fumer.

PAUL. — Et puis... s'arrêter à son idée.

JOSÉ. — Oui. Tandis que nous, même pour ça, faut demander : permission, m'sieu.

LOUIS. — C'est éreintant. Où sont-ils tes parents, à toi? Toujours au Brésil?

JOSÉ. — Oui.

PAUL. — C'est gentil le Brésil ?

JOSÉ. — C'est pas laid.

PAUL. — Tu y as été ?

JOSÉ. — J'y suis né. Mais je me rappelle rien. Tout de suite j'ai été mis en pension de nourrice en France.

LOUIS. — Et depuis ?

JOSÉ. — Pas bougé. Papa m'écrit une ou deux fois l'an, quand il envoie l'argent.

LOUIS. — Qu'est-ce qu'il fait ?

JOSÉ. — Il gagne de l'argent. Et les tiens, de père et mère ? Ils sont loin aussi ?

LOUIS. — Non. Ils sont à Paris.

JOSÉ. — A Paris ? Mais on ne les voit jamais.

LOUIS. — Ils ont pas le temps. Ils travaillent.

JOSÉ. — A quoi ?

LOUIS. — A gagner de l'argent.

JOSÉ, *à Paul.* — Et toi, les tiens ?

LOUIS, *à Paul.* — Tu as dit tout à l'heure qu'ils étaient morts ?

PAUL. — Mais non, bête. Pas encore.

LOUIS. — Pourquoi tu l'as dit ?

PAUL. — Pour m'amuser.

JOSÉ. — Eh ben, qu'est-ce qu'ils font ?

PAUL. — Gagnent de l'argent.

LOUIS. — Ils ne viennent pas te voir tous les jours ?

PAUL. — Non. Ils m'oublient un peu derrière ma malle. Je ne leur en veux pas. Quand je serai grand...

JOSÉ. — Ben, et toi, Lucien ? Tu nous

as jamais raconté ce qu'ils fichaient les tiens ?

LUCIEN. — Je ne les ai plus.

PAUL. — Ah !

LOUIS. — Plus personne ? Personne ?

LUCIEN. — Personne.

JOSÉ. — T'as bien un oncle, un cousin ? un premier venu ?

LUCIEN. — Non. Rien qu'un correspondant.

JOSÉ. — Qu'est-ce que c'est que ça ?

LUCIEN. — C'est un monsieur, comprends-tu ? qui s'occupe de vous, qui se charge de faire sortir l'enfant.

JOSÉ. — T'en as un, de cette espèce là ?

LUCIEN. — Oui.

LOUIS. — Mais... il ne se montre pas des flottes ?

LUCIEN. — Il vient rarement, en effet, parce qu'il est occupé.

JOSÉ. — Où ça ?

LUCIEN. — En province, à Bordeaux.

JOSÉ. — A quoi ?

LUCIEN. — A gagner de l'argent.

LOUIS. — Oui, enfin... t'as un correspondant qui ne correspond pas.

PAUL. — Tout ça est rigolard !

M. TRICHE, *qui s'est rapproché.* — Messieurs... prenez garde aux voitures. Nous allons traverser dans un instant.

LOUIS. — Ayez pas peur.

PAUL. — Dites donc, m'sieu ?

M. TRICHE. — Quoi ?

PAUL. — Je voudrais vous poser une question.

M. TRICHE. — Allez.

PAUL. — Vous avez l'air de bigrement vous embêter à la promenade avec nous ?

M. TRICHE. — Moi ? Non. Je pense, tout seul.

LOUIS. — A quoi ?

M. TRICHE. — Oh ! ça ne vous intéresserait pas.

PAUL. — Si !

JOSÉ. — Si, m'sieu Triche !

LOUIS. — Ça nous intéressera !

M. TRICHE. — Eh bien... je pense à mes parents, que je n'ai pas vus depuis neuf ans.

LOUIS. — Ah !

PAUL. — Où sont-ils ?

JOSÉ. — Loin ?

M. TRICHE. — Très loin... A la campagne.

PAUL. — C'est des paysans ?

M. TRICHE. — Oui. Je les aime. Ça n'est qu'un petit village... Ils sont vieux... Ils s'ennuient que je n'aille jamais les embrasser.

JOSÉ. — Pourquoi que vous n'y allez pas ? Fichez le camp !

LUCIEN. — Nous vous le permettons.

M. TRICHE, *avec un soupir.* — Impossible !... Ma position... Il faut que je reste ici.

LOUIS. — A cause ?

M. TRICHE. — Pour gagner de l'argent.

LUCIEN. — Toujours ça !

M. TRICHE. — Là... tenez... Donnez-vous la main. Voilà le moment de traverser, mes petits enfants.

POUR L'ÉTERNITÉ

JACQUES, 20 ans. LUCIE, 19 ans.

Dans les bois des environs de Paris. Après le coucher du soleil.

JACQUES. — Ah! ma bien-aimée!

LUCIE. — Mon chéri!

JACQUES. — Je suis heureux! Tu ne peux pas savoir à quel point!

LUCIE. — Tu ne l'es pas plus que moi.

JACQUES. — Il me semble que je te connais depuis mon enfance.

LUCIE. — Moi, depuis toujours. Pourtant il n'y a pas deux semaines...

JACQUES. — Ça ne fait rien. Je t'aime. C'est fini. Je n'aimerai jamais d'autre femme que toi.

LUCIE. — Bien vrai?

JACQUES. — Oh! Je te le jure. Je te... Sur quoi veux-tu que ?

LUCIE. — Sur rien. Embrasse-moi.

JACQUES. — Toi d'abord.

LUCIE. — Toi après, deux fois, alors?

JACQUES. — Dix. Vingt. Cent.

LUCIE. — Mille. Entends-tu le petit oiseau? (*Ils écoutent.*)

JACQUES. — Oui.

LUCIE. — J'adore.

JACQUES. — Quel oiseau est-ce? Une mésange? Une...

LUCIE. — Je ne sais pas. Peu importe. Il chante comme nous nous aimons, de tout son cœur.

JACQUES. — Où diable est-il ?

LUCIE. — Tu ne le trouveras pas. On ne voit jamais les oiseaux qui chantent. A quoi penses-tu avec tes yeux?

JACQUES. — A toi. A tout. A rien.

LUCIE. — C'est comme moi. Comment te dire? Il me semble que je suis en même temps à toutes les époques de ma vie : quand j'étais petite... comme je suis à présent... et plus tard aussi quand je serai vieille... et que tu ne seras plus là.

JACQUES. — Pourquoi donc ça, s'il te plaît ?

LUCIE. — Parce que, dans ce temps-là, tu ne m'aimeras plus.

JACQUES. — Je t'aimerai toujours.

LUCIE. — Non... Longtemps, je veux bien ! Très longtemps. Mais...

JACQUES. — Tou-jours !

TON PÈRE EST NOTAIRE...

LUCIE. — C'est pourtant déjà bien gentil, longtemps, voyons ?

JACQUES. — Alors, tu ne me crois pas ? Je mens ?

LUCIE. — Oh ! je suis sûre que tu es sincère, mon trésor, je ne doute pas de toi. Tu m'aimeras au moins... dix à quinze ans... Ça, j'en suis bien sûre...

JACQUES. — Ah ! l'ingrate ! la méchante !

LUCIE. — Vingt, là !

JACQUES. — Non, mais pour qui me prends-tu, pour un cœur à caprice?

LUCIE. — Vingt ans ! Pense donc comme c'est long, chérubin, en y réfléchissant ? Pourtant, je te les accorde. Mais après ?... Dans vingt ans, j'aurai trente-neuf ans... Je peux n'être pas morte... avoir de longues années encore à vivre. Qu'est-ce que je ferai alors sans toi ? Qu'est-ce que je deviendrai ?

JACQUES. — Mais puisque je serai là... bête adorée, toujours, toujours! jusqu'à la fin... Jamais je ne te quitterai, tu entends ? A sa petite, jusqu'à la mort. Le premier soir que je t'ai emmenée au Bois de Boulogne, il y a quinze jours, je te l'ai juré; tu ne te rappelles donc pas?

LUCIE. — Oh ! si.

JACQUES. — Dans la petite allée noire.

LUCIE. — Comme nous avons pleuré.

JACQUES. — Nous n'étions pourtant pas tristes. Eh bien, je tiendrai ma promesse.

LUCIE. — Mais tu ne peux pas... Tu ne pourras pas...

JACQUES. — Comment ça ! Pourquoi ?

LUCIE. — Parce que... parce que toi... moi...

JACQUES. — Je te devine. Achève.

LUCIE. — Tant de distance ! Ton père est notaire... Moi... une modiste... Et tout le reste qui nous sépare.

JACQUES. — Rien du tout. Qu'est-ce qui nous sépare, à cette minute où je tiens tes mains dans les miennes ? Veux-tu me le dire ? Eh bien, ce sera éternellement la même chose. La vie entière, nous la passerons à nous aimer. Je l'ai résolu tantôt.

LUCIE. — Comment arranges-tu cela ? Ta famille ?

JACQUES. — Je ne l'arrange pas. Ça s'arrangera.

LUCIE. — Je ne suis pas une femme pour te faire honneur dans ton monde.

JACQUES. — Mon monde, c'est toi, toi seule, tout mon monde.

LUCIE. — Je ne gagne rien, presque rien.

JACQUES. — Je gagnerai pour deux.

LUCIE. — A quoi ?

JACQUES. — Je ne sais pas. Je me ferai... journaliste.

LUCIE. — Il y en a déjà tant !

JACQUES. — Justement. Un de plus, on n'y verra rien. Et puis, ne parlons pas de ça... Je ne suis pas en peine. Ah ! la vie est bien facile, va, quand on est deux à la vivre.

LUCIE. — Oh ! oui !

JACQUES. — Je ne comprends pas ceux qui se plaignent de l'existence. Avec toi, mais tout m'est égal ! Je coucherais sous les ponts. J'irais à Nouméa.

LUCIE. — Moi aussi. Mais je suis tout de même un peu préoccupée.

JACQUES. — Tu as tort. Tu vois pourtant bien que j'ai pensé à tout ?

LUCIE. — Sans doute.

JACQUES. — Je travaillerai de mes mains, s'il le faut, là ! Je suis jeune, fort... Bah ! Non, l'avenir ne me fait pas peur. Embrasse-moi.

LUCIE. — L'avenir ! Moi, ça m'effraie.

JACQUES. — Quoi ? Le mot ? La chose ?

LUCIE. — Les deux, mon chéri. L'avenir... c'est-à-dire ce qu'on ne sait pas... ce qui est là, derrière la porte, ce qu'on ne peut pas éviter, qui est réglé d'avance. L'avenir, ça me fait toujours l'effet d'être du chagrin... ce qui arrivera de triste.

JACQUES. — Allons donc ! Du gai... du joyeux... pas autre chose. Est-ce que la vie est triste, à notre âge ?

LUCIE. — Nous ne l'aurons pas éternellement, notre âge ?

MOI... UNE MODISTE...

JACQUES. — Si. Il n'y a que ceux qui n'aiment pas qui vieillissent.

LUCIE. — Tu es gentil. Tu trouves

des mots du cœur qui donnent envie de pleurer.

JACQUES. — Je ne veux pas non plus que tu pleures, jamais.

LUCIE. — Qu'est-ce que tu veux, alors ?

JACQUES. — Je veux que tu ne penses à rien, que tu te laisses aller au cours de la vie, entre mes bras, les yeux fermés, comme si tu dormais éveillée, dans une barque, au fil de l'eau.

LUCIE. — J'aime bien ça d'aller en barque! Nous irons?

JACQUES. — Oui. Sur de belles rivières qui ont des tournants pleins d'ombres et de mystère, avec des arbres très vieux, qui trempent...

LUCIE. — Comme dans les décors, c'est ça... Et puis aussi sur des lacs?

JACQUES. — Aussi. Des lacs d'Écosse. Des lacs d'Italie... tous les lacs que tu voudras.

LUCIE. — Surtout des lacs où il y a de la lune ?

JACQUES. — Bien entendu.

LUCIE. — Oh ! mon chéri !

JACQUES. — Lucie ! Lucette ! Petite lumière !

Baisers.

LUCIE. — Pourquoi m'appelles-tu petite ?

JACQUES. — Rien... je suis heureux! Je vis des siècles.

LUCIE. — Moi aussi... ça me fait comme si je n'étais plus moi... comme si j'avais dit adieu aux chapeaux... comme si je ne devais jamais bouger d'ici... sans boire ni manger. C'est donc ça l'amour ?

JACQUES. — C'est ça.

LUCIE. — Et on dit... j'ai lu dans les romans... que ça fait souffrir... qu'on en pleure et qu'on en meurt ?

JACQUES. — Quelle bêtise!

LUCIE. — Alors, ils se trompent ?

JACQUES. — Mais oui. Ils ne savent pas.

La nuit est venue.

LUCIE. — Chéri, je pense à la petite chambre que nous aurons... avec de l'étoffe aux murs... notre chambre à nous... le jour où on ne se quittera plus à minuit. Quand est-ce que ça sera ?

JACQUES. — Je ne sais pas... Bientôt, va...

LUCIE. — Oui. Mais est-ce que tu n'as pas peur que ?...

JACQUES. — Tout s'arrangera. Tais-toi... Tout s'arrange...

LUCIE. — Ah! je voudrais être plus vieille de plusieurs années...

JACQUES. — Pourquoi ?

LUCIE. — Pour être plus sûre.

JACQUES. — Oh ! méchante ! plus sûre! De quelle sûreté plus grande as-tu besoin ? Tu as ma parole, mon serment, mes baisers. Je ne suis pas comme les autres, moi. Je me donne, c'est pour l'éternité. Pas toi ?

LUCIE. — Oh! si! Plus que l'éternité encore, moi! Jusqu'après!

JACQUES. — Eh bien, alors ? Puisque nous nous sommes donnés l'un à l'autre pour si loin, pour si loin... que craignons-nous ? Rien! Rien! C'est fait!

LUCIE. — Sans doute... mais...

JACQUES. — Mais quoi ?

LUCIE. — Tout de même...

JACQUES. — Quoi encore ?

LUCIE. — Ça me semble trop beau... impossible... Par instants, quand j'y pense...

JACQUES. — Ne pense pas. Tu penses trop. Embrasse. Donne tes mains. Regarde-moi malgré les ténèbres comme si tu me voyais... que je sente tes yeux sur les miens. Là. Et puis parle. Pas trop vite. Dis mon nom, tout bas. Ou plutôt, ne dis rien. Taisons nous ensemble... Veux-tu ?

LUCIE. — Oui.

JACQUES. — On n'entend rien.

LUCIE. — Rien.

JACQUES. — C'est une étoile qui fait blanc, là-bas ?

LUCIE. — Oui.

JACQUES, *il se dresse, égaré, soudain.* — Oh ! Lucie ! ma Lucie ! ma Lucie !

LUCIE. — Quoi ! Qu'as-tu ?

JACQUES. — Je t'aime ! vois-tu ! je t'aime !

LUCIE. — Moi encore plus, Jacques ! Tu serais aveugle... estropié... que je t'aimerais quand même !

JACQUES. — Écoute, chérie... Veux-tu que nous partions... Demain ?

LUCIE. — Comment ?

JACQUES. — Le veux-tu ? Quitter ton magasin ?

LUCIE. — Mais... Et toi ? Ta famille ?

JACQUES. — Je leur laisserai une lettre... Nous leur écrirons de l'étranger.

LUCIE. — Nous irions si loin que ça ?

JACQUES. — Oui... Je vais tout te dire. J'ai huit cents francs.

LUCIE. — Huit cents francs ! Mais nous sommes riches, alors ?

JACQUES. — Oui. En faisant bien attention... Ça nous donne toujours au moins un an... A l'étranger, la vie est moins chère qu'à Paris. Le temps de me retourner. Le veux-tu ? Dis un mot. Je t'adore, je suis fou... Je voudrais qu'il n'y ait que nous deux sur la terre...

LUCIE. — Calme-toi, trésor... je t'en prie. Écoute... je veux bien.

JACQUES, *au comble.* — Oh ! Merci... Merci !...

LUCIE. — Mais... plus tard. Pas demain, plus tard.

JACQUES, *consterné.* — Oh !

LUCIE. — Non. Je ne sais pas... j'ai peur que nous ne fassions une mauvaise chose... un peu imprudente... qu'on regretterait... Attendons un peu... Jusqu'à dimanche prochain.

JACQUES. — Soit. Attendons à dimanche prochain. Mais tu m'aimes ?

LUCIE. — Oh !

JACQUES. — De tout ton cœur ?

LUCIE. — De tout...

JACQUES. — Viens.

LUCIE. — Prends garde.

JACQUES. — Il n'y a personne.

LES DIMANCHES SE SUIVENT...

LE PÈRE, 72 ans, très droit, officier de la Légion d'honneur.
LE FILS, 24 ans accomplis.

Au mois d'août, par un joyeux soleil. Tous deux, en tenue de voyage, sont debout dans la campagne, sur un plateau dont les pentes, en parties boisées et assez rapides, descendent jusqu'à une petite rivière.

LE PÈRE. — Mon cher enfant, je t'avais promis qu'au début de ta vingt-cinquième année je te ferais faire un beau voyage.

LE FILS. — Mon premier.

LE PÈRE. — Je tiens ma promesse. Nous sommes en Alsace. Tout d'une traite, sans nous arrêter que pour prendre un peu de repos, nous avons été de Paris à Strasbourg, de Strasbourg à Niederbronn par la bifurcation d'Haguenau. Nous voici rendus aux portes d'un village qui se nomme Frœschviller. Regarde.

LE FILS. — Oui.

LE PÈRE. — Et ne perds pas une de mes paroles.

LE FILS. — Je vous écoute.

LE PÈRE. — Ce lieu que nous avons traversé, il y a une heure, sans descendre de voiture?... dont tu m'as demandé le nom? c'est Reichshoffen.

LE FILS. — Reichshoffen !

LE PÈRE. — Ce bourg, là, dans la plaine, Wœrth; la ligne d'argent, c'est la rivière de Soultz-Bachel, affluent de la Sauër.

LE FILS. — Oh! C'est donc ici!...

LE PÈRE. — C'est ici, mon enfant, sur

cette terre il y a vingt-sept ans, un dimanche matin, le 7 août 1870, j'ai failli mourir et j'ai été fait prisonnier.

LE FILS. — Vous me montrerez la place?

LE PÈRE. — Oui. Tu n'étais pas encore au monde, car je ne me suis marié qu'après ma captivité et mon retour en France. Je t'ai eu très tard. Je voulais un fils. Pour la revanche. Quand tu naquis, je demandai à Dieu qu'il me laissât vivre assez pour que nous puissions, dès que tu aurais l'âge d'homme, venir ensemble aux lieux où j'ai le plus souffert... Il m'a exaucé. Je l'en remercie.

LE FILS. — Moi aussi, mon père.

LE PÈRE. — Je t'ai raconté maintes fois la bataille ; je ne t'en referai pas le récit. Dans ce qu'on appelle communément Reichshoffen il y a trois phases, Wœrth, Frœschviller et Reichshoffen.

LE FILS. — Je sais. Wœrth, c'est le combat.

LE PÈRE. — Acharné... acharné...

LE FILS. — Frœschviller, c'est la défaite...

LE PÈRE. — C'est elle... mais héroïque, la défaite en se défendant, pied à pied... nos troupes tournées par les deux ailes, forcées de lâcher successivement toutes les positions... Et, de Frœschviller à Reichshoffen, alors...

LE FILS. — C'est la déroute.

LE PÈRE. — Pas ce mot-là. Dis la retraite! Effrayante, par exemple. Plus de bataillons... toutes les armes confondues dans le désordre et l'horreur... les mourants qui meurent sur les morts, l'artillerie qui passe au galop sur les mourants... Atroce.

LE FILS. — Et les cuirassiers?

LE PÈRE. — Les cuirassiers?

LE FILS. — Oui. Qu'est-ce que c'est au juste, dans la bataille?

LE PÈRE. — Les cuirassiers, c'est deux efforts, comprends-tu! Deux derniers efforts tentés, perdus d'avance, inutiles, sublimes, deux efforts français, quoi? Un à Morsbroon...

LE FILS. — L'autre?

LE PÈRE. — A Elsashausen. Mais nous allons voir tout ça... Ne sois pas impatient... Je vais te promener sur le terrain de manœuvres... Le voyage commence. Il ne fait que commencer.

LE FILS. — Je voudrais qu'il fût fini!

LE PÈRE. — Et pourquoi ça?

LE FILS. — Parce que j'en suis déjà malade.

LE PÈRE. — Tu es trop nerveux, mon petit. Tu me parlais des cuirassiers... cuirasse-toi. Tu n'es pas au bout.

LE FILS. — Continuez.

LE PÈRE. — J'étais commandant. Mon régiment faisait partie de la 3e division opposée au 5e corps prussien. Le 6 août, c'était un samedi... Ce clocher que tu vois, c'est l'église de Frœschviller... Pas la même. Elle a été reconstruite. Je te dis tout cela pêle-mêle... je suis suffoqué de souvenirs. Regarde, là, ce tertre... Y es-tu?

LE FILS. — Que surmonte une croix?

LE PÈRE. — Oui. Oh! je m'y retrouve... C'est là, sur ce tertre, que j'établis ma grand'garde, l'avant-veille du combat... Presque toute la nuit, la pluie n'a pas cessé de tomber. (*Il regarde avec sa lorgnette.*) Et là-bas... qu'est-ce que c'est? Encore des croix? Toi qui as de bons yeux?

LE FILS. — Deux... trois croix. Et, plus loin encore, d'autres. Comme il y en a!

LE PÈRE. — Oh! on marche dessus, ici. C'est courant, les croix dans le pays. Sans parler des pyramides et des monuments commémoratifs... Combien de mes camarades qui sont là ! Pauvres vieux ! Des amis de Saint-Cyr... Anglade, qui était capitaine aux turcos...

LES MOURANTS QUI MEURENT SUR LES MORTS.

De Bonneville... Chose... si gai, qui jouait du piano comme une femme... Je ne peux pas retrouver son nom. Est-ce bête ! Il me reviendra... Oui, il y a beaucoup de gentils garçons qui sont bien partis.

LE FILS. — Mais vous?... Ce danger de mort que vous avez couru? Jamais vous ne m'en aviez parlé?

LE PÈRE. — Exprès. D'ailleurs, ça

n'est pas bien grave. Et puis, je réservais ça pour quand tu serais grand, un homme en état de comprendre. Je vais te dire la chose en deux mots. Blessé d'une balle au front, ayant perdu connaissance et laissé pour mort sur le champ de bataille, je ne repris mes sens que le lendemain, le 7 au matin. Étendu dans un sillon, au bord d'une route, je rêvais confusément de victoire... de je ne sais quel fracas glorieux... quand une commotion violente me tira de la torpeur léthargique dans laquelle j'étais plongé depuis seize heures. Aussitôt, je me rappelai. J'ouvris les yeux. Le ciel était pur, je sentis la terre humide de rosée... et, soudain, j'entendis la fusillade. Elle éclatait autour de moi, presque sur moi. Je crus recevoir à bout portant le coup de grâce dans la tête. Je me soulevai, et je vis un Prussien à genou qui tirait, se faisant un abri de mon corps, le fusil allongé sur ma poitrine... Et, aussi loin que mon regard s'étendait... il y en avait d'autres... des centaines. La bataille avait-elle repris? Je le pensais sur l'instant. Mais non. J'aime mieux te dire tout de suite... parce que tu ne devinerais pas. Oh! cette race! Ils faisaient l'exercice... Comprends-tu? L'exercice! Oui, au lendemain de la victoire, dès le premier rayon de soleil, à peine reposés, ils manœuvraient sur le champ de bataille, sur le vrai, encore chaud et fumant, parmi les blessés, les morts, les débris, les membres épars. Dans le charnier, dans les mares de sang glacé par la fraîcheur de la nuit... ces messieurs piétinaient à pleines bottes... exécutaient l'école des tirailleurs à blanc, pour rien, pour ne pas se rouiller...

LE FILS. — Quelle honte!

LE PÈRE. — Mais quelle leçon?

LE FILS. — Et après?

LE PÈRE. — Je crus qu'on se battait, moi. Je fus debout, avec un sabre de cavalerie au poing, un sabre qui était par terre et que je ramassai. Les Prussiens m'entourèrent, et je m'apprêtai à vendre ma peau plus cher encore qu'elle ne valait, comme si ç'avait été une peau de maréchal. J'allais cependant y rester. La fusillade s'était tue. Ils étaient dix ou quinze sur moi... Quand, tout à coup, un bruit de galop. Un officier supérieur passe, crie : « Arrêtez ! » On s'écarte. Il me fait le salut : « Votre épée, monsieur le commandant. C'est moi qui vous la demande. » C'était le prince royal. Il a été très bien.

LE FILS. — Alors?

LE PÈRE. — Alors, je la lui ai rendue. Je ne voulais plus mourir.

LE FILS. — Pourquoi?

LE PÈRE. — Pour avoir un fils. Voilà l'histoire. Mets-la dans ton sac. Tu sais, après, ma captivité... Il y a eu aussi des moments raides. *(A ce moment on entend des bruits de tambour. Son visage se contracte.)* Mais... Dieu me pardonne... écoute... on dirait...

LE FILS, *qui prête aussi l'oreille.* — Le tambour?

LE PÈRE. — Oui... Et les fifres! Ces sacrés fifres!

LE FILS. — Ce sont eux.

Un paysan passe.

LE PÈRE, *interpellant l'homme.* — Parlez-vous français?

LE PAYSAN, *se rapprochant et devinant qu'il a devant lui un soldat.* — Oui, mon officier.

LE PÈRE, *à son fils, désignant le paysan.* — En voilà un, tiens! Un vrai. *(Au paysan, le regardant au fond des yeux.)* Toujours alors?

LE PAYSAN. — Toujours, mon officier!

LE PÈRE. — Brave homme. C'est bien eux qu'on entend, n'est-ce pas?

LE PAYSAN. — Oui. De ce moment, il y a des manœuvres.

LE FILS. — Ils se rapprochent.

LE PAYSAN. — Les voilà.

Ils apparaissent à l'extrémité de la route. Les casques à pointe... les petits tambours plats... les jambes bottées... On distingue déjà les faces bestiales... mâchoires de dogue... poils roux sous les yeux verts... Et les fifres... aigus comme des couteaux qui vont au cœur...

LE FILS. — Allons-nous-en. Venez, père...

LE PÈRE. — Non. Reste. Aujourd'hui, on peut les regarder passer. Les dimanches se suivent...

LE FILS. — Et ne se ressemblent pas.

LE PAYSAN. — Adieu.

LE PÈRE. — Au revoir.

La colonne défile.

FIN

TABLE

Pour paraître le 1er Août 1913, le n° 81 :

NOUVELLE COLLECTION ILLUSTRÉE
CALMANN-LÉVY

L'ouvrage complet, **95** centimes. Relié, **1** fr. **50**

ANDRE THEURIET

DE L'ACADÉMIE FRANÇAISE

Cœurs Meurtris

Illustrations de Maurice TOUSSAINT

NOUVELLE COLLECTION ILLUSTRÉE
CALMANN-LÉVY

---

1. PIERRE LOTI .... Pêcheur d'Islande.
2. ANATOLE FRANCE .... Le Crime de Sylvestre Bonnard.
3. LUDOVIC HALÉVY .... La Famille Cardinal.
4. FRANÇOIS COPPÉE .... Le Coupable.
5. JULES RENARD .... Poil de Carotte.
6. RENÉ BAZIN .... Donatienne.
7. A. DUMAS FILS .... La Dame aux Camélias.
8. GEORGES COURTELINE .... Boubouroche.
9. PIERRE VEBER ET WILLY. Une Passade.
10. JULES LEMAITRE .... Les Rois.
11. ANDRÉ THEURIET .... L'Oncle Scipion.
12. ALPHONSE DAUDET .... L'Immortel.
13. PROSPER MÉRIMÉE .... Diane de Turgis.
14. GYP .... Le Mariage de Chiffon.
15. FRANÇOIS COPPÉE .... Toute une Jeunesse.
16. ABEL HERMANT .... Les Grands Bourgeois.
17. HENRI DE RÉGNIER .... Les Vacances d'un jeune homme sage.
18. GEORGES COURTELINE .... Messieurs les Ronds-de-Cuir.
19. OCTAVE FEUILLET .... Le Roman d'un jeune homme pauvre.
20. MARCELLE TINAYRE .... Avant l'Amour.
21. RENÉ BOYLESVE .... Le Parfum des Iles Borromées.
22. ANDRÉ THEURIET .... Amour d'Automne.
23. EDMOND DE GONCOURT .... La Fille Elisa.
24. LÉON FRAPIÉ .... Marcelin Gayard.
25. RENÉ BAZIN .... De toute son âme.
26. ALPHONSE DAUDET .... La Petite Paroisse.
27. ABEL HERMANT .... Confession d'un Enfant d'hier.
28. GEORGE SAND .... Elle et Lui.
29. MARCELLE TINAYRE .... Hellé.
30. GYP .... Joies d'Amour.
31. HENRY MURGER .... Scènes de la Vie de Bohème.
32. GUSTAVE GEFFROY .... L'Apprentie.
33. A. DUMAS FILS .... Affaire Clemenceau.
34. GEORGES COURTELINE .... Le Train de 8 h. 47
35. ÉMILE ZOLA .... Thérèse Raquin.
36. HENRY MURGER .... Le Pays Latin.
37. VILLIERS DE L'ISLE-ADAM. Contes Cruels.
38. ALFRED CAPUS .... Faux Départ.
39. GEORGE SAND .... Indiana.
40. RENÉ BOYLESVE .... La Becquée.
41. ABEL HERMANT .... Confession d'un homme d'aujourd'hui.
42. JEAN RICHEPIN .... Miarka, la fille à l'Ourse.
43. ANDRÉ THEURIET .... Charme dangereux.
44. FRANÇOIS COPPÉE .... Henriette.
45. TRISTAN BERNARD .... Amants et voleurs.
46. LÉON FRAPIÉ .... La Maternelle.
47. GEORGES D'ESPARBÈS .... Les Demi-Solde.
48. ALPHONSE DAUDET .... Fromont jeune et Risler aîné.
49. FRANÇOIS COPPÉE .... Les vrais Riches.
50. PIERRE LOTI .... Le Roman d'un spahi.
51. JULES CLARETIE .... Le Prince Zilah.
52. ALPHONSE KARR .... Sous les Tilleuls.
53. GYP .... Le Bonheur de Ginette.
54. ÉMILE ZOLA .... Naïs Micoulin.
55. ABEL HERMANT .... Les Confidences d'une biche.
56. ANATOLE FRANCE .... Histoire comique.
57. RUDYARD KIPLING .... La Lumière qui s'éteint.
58. HENRI LAVEDAN .... Le Vieux Marcheur.
59. RENÉ BAZIN .... Le Blé qui lève.
60. EDMOND DE GONCOURT .... La Faustin.
61. HENRI DE RÉGNIER .... Le Passé vivant.
62. ANDRÉ THEURIET .... Boisfleury.
63. J.-H. ROSNY .... La Fauve.
64. OCTAVE FEUILLET .... Histoire d'une Parisienne.
65. HENRI LAVEDAN .... Leur Cœur.
66. ÉMILE ZOLA .... La Conquête de Plassans.
67. PIERRE VEBER .... Les Rentrées.
68. GYP .... Une passionnette.
69. ALPHONSE ALLAIS .... L'Affaire Blaireau.
70. ANDRÉ THEURIET .... Villa Tranquille.
71. H.-G. WELLS .... L'Homme invisible.
72. J.-K. HUYSMANS .... Les Sœurs Vatard.
73. HENRI DE RÉGNIER .... La Peur de l'Amour.
74. GEORGE SAND .... Valentine.
75. LOUIS DE ROBERT .... L'Envers d'une Courtisane.
76. ABEL HERMANT .... La Biche relancée.
77. GABRIELE D'ANNUNZIO .... Episcopo et Cie.
78. GYP .... Tante Joujou.
79. JULES CLARETIE .... Brichanteau Comédien.

Imp. L. Pochy, 52, rue du Château — 9-13